月色撩人。

王安憶

序

物換星移的城市寓言

柯裕棻

百年來上海總是走在中國的最前端，上海的摩登是永無止境永不停歇的，它的改變不留餘地，它的更新翻臉不認人，它由千萬人的夢想支撐於不墜，所有的人都毫不猶豫往未來衝去，一個城納著這麼巨大的能量，無論它做了什麼決定，都是起手無回，所以這城裡的爭奪與耗費也就更加的尖銳慘烈了。

王安憶的忠實讀者大概發現了，她對於這個滾滾錢流的新時代新世界充滿了矛盾的情緒。

她依舊熱愛上海以及上海的人們，但是她的寫作逐漸拉出了一個冷而遠的旁觀立場。在這一篇《月色撩人》裡，人物描寫仍然細膩清晰——這本是王安憶的長項，她向來擅長感同身受地寫人物。但是如今她不與這些故事角色同悲喜了，她的筆還是帶著感情，可這感情變得相當複雜，有細微的疼惜，有熱情有悽涼，也有冷冷的剖析。由於心理上拉出了這樣距離，這細筆的人物特寫，便像是用望遠的長鏡頭記錄下來的某種現代城市風景，聽不見誰在吶喊什麼，每一天都是一場安靜的愛情與生存的廝殺，搶到了的人就贏了片刻，輸了的人也不退卻，繼續往下一個戰場奔去。這故事裡每個角色的追求總是落空，他們在街頭拉扯，在空屋流淚，在人群中感到寂寞，摔碗砸盤，糟蹋自己或他人，試圖抓住什麼來掙扎抵抗，使勁，使勁，拒絕沉沒。王安憶將這一切載沉載浮的眾生相都看得清清楚楚，因爲旁觀者清。

這確實是現代社會的文化命題，充滿矛盾與分裂。日子既是鮮活生猛的，另一面又殘酷冷淡。未來像是無限光明，又叫人慘惻難安。有幾乎是絕情的那種感情，也有幾乎是絕望的那種希望。又想追求精神的自由，卻又卡著物質的條件。《月色撩人》裡的人物被這些焦慮驅使著，年輕的女人搶男人時毫不留情，年老的男人甩女人時也一樣不手軟。唯一眞摯的感情是發生在久遠以前的那一段，一個浩浩蕩蕩的年代，但那是個永遠不會再回來的時代。現在的青春再也不會有天眞的理想和堅持，反而充滿了盤算；現在的愛情也沒有轟轟烈烈的情感了，取而代之的是伴隨無望而來的灑潑任性。

從《上種紅菱下種藕》開始，王安憶的小說明顯地對於眼下的一切變動及其影響提出質疑，這個新世界物換星移的速度太快，來不及看清楚，一個時代就迅速地消逝了，而且消逝得莫名其妙。《月色撩人》的故事藉由幾個人物的設定，寫出了上海經濟發展之後連帶產生的文化現象：飄萍似的一無所有的鄉下女孩子、成天清談搞藝術表演的畫廊主人、害怕老去的成功的生意人、居中盤旋謀生的俊秀男子、什麼都看過什麼也不怕的中年女子，這五個角色由一種特殊的敘事方式扣連組合而成這個故事。這些都是某種現代中國的人物典型，他們不是凶狠奸險的人，他們只是不得已，爲了生存只好這麼狠下去。這些角色構成一個時代轉換的鮮明圖像——社會變遷的過程如何具體影響個體的生活，並且型塑了每個人選擇和改變的可能。

王安憶善用比喻，而比喻的力量之所以強大，正是因爲它不從表面下手，它是藏著的，字面上寫的是某物某人，但字裡行間全是別的意思，話帶機鋒，所以意義一層一層的轉，回音繚繞。又或者，故事寫的是某個人，但這個人代表的是一個世代的聚合體，或是那一類人的精華淬煉，你可以將這些人物對號入座，揣測它暗示的某個知名人物，你也可以將它當作一個寓言，因爲這些角色有以一喻百的符號能耐。

當你最熱愛愛得發痛的年代已經過去，當你醒來發現世界變成了你最不希望的樣子，你能不能夠愛它？我想這撩人月色的夜晚並不浪漫，而是一片清冷的月光，照耀的這一面也許看上去很溫柔，背過去的那一面卻陰森森的，因爲這是個無法愛的時代，我們自己瘖啞無光，只能從他人那裡借光，得靠著他人才能發亮。可是他人的光永遠無法完整包覆誰，一旦沒有光源，我們坑疤貧瘠的現實一覽無遺，寒冷得讓人受不了。就這樣，隨著時代，故事從美好的過往進入生冷的現世。

柯裕棻，知名作家，美國威斯康辛大學麥迪遜分校傳播藝術博士，現任政治大學新聞系副教授。著有《青春無法歸類》（散文集），《恍惚的慢板》（散文集），《冰箱》（短篇小說集），《批判的連結》（座談錄主編），《甜美的剎那》（散文集）等。

月色撩人。

一

現在，他們的餐桌上，就有她的一個位子。他們都是她的朋友，大朋友，年齡在她之上二十、三十，甚至接近四十歲，是她的上代人，對她懷著上代人的喜愛。在這樣慈悲的愛意中，她暫且安定下來。

她，一個叫提提的女人，是誰拾到他們餐桌上來的？事情已經有些模糊了。似乎是，一個人拾起她，交給第二個人，再傳第三個，最後，到簡遲生這裡，落了座。聽起來，很像是豌豆公主，被皇家衛隊拾起，交給大臣，呈上國王。簡遲生，坐在提提旁邊的那個就是，體魄魁梧，將一張扶手椅坐得滿滿的，全白的頭髮剃成平頂，於是，顯出特別粗壯的脖頸，幾乎與肥長在了一起。面部的輪廓還是清晰的，皮膚沒有鬆弛，而是繃緊了。眼睛裡也有光，這是一雙北方人的單瞼的長眼，退回到三十年前，這光是相當銳利的，如今卻柔和了，有了一些笑意，同時，這笑意將嘴角牽動起來，整個臉部都溫存起來。

坐在餐桌那一側的呼瑪麗越過桌面看這張臉，在有意布暗的燈光下，這張臉又增添了幾分曖昧，她不禁感到驚訝：這是他，簡遲生嗎？他竟然也會有這表情，什麼表情？溫柔。他從來不曾給過她溫柔，卻給了這個小女人。可是，她一點不妒忌，她從這溫柔裡窺出了軟弱，是的，簡遲生可是軟弱多了，他原本是多麼驕矜，不可一世——是與呼瑪麗在一起的，她擁有他最熱血的生命階段，她也是以最強悍的一段與其相對。那時候，他和她，誰能比啊！青春，這就是青春，輕浮的，誇張的，如湧的活力，一點不懂得量入爲出，於是，透支了。

後來，她去了日本，看見櫻花，聽日本人對櫻花的解釋，她覺得就像她和簡遲生的愛情，一下子綻開，一下子謝落。她又想到，漢語多麼美麗，將花的敗落稱之爲「謝」。眞的就是一個「謝」字了得，謝天地，謝彼此。只是，她覺得櫻花無論花形與顏色都太孱弱，過於娟閣氣了，她和簡遲生卻是如同火山爆發。不過，在櫻花盛開的那幾日，她還是被感動了。那櫻花滿天漫地，只有一個字可形容——此時，她又感到漢語的不足，不得不借用比喻，那就是「霧」。也是相當壯觀的，它是積少成多，以量取勝，正當越積越濃之時，陡地收住。如那些品花人所說，有的花開相好，有的則敗相好，而櫻花沒有敗相，不等凋敝之意來臨，刹那間，幕落了。

這個開設在最時尚的商業廣場裡的餐館，老闆是台灣人，七十年代中後期，台灣被逐出聯合國，成爲國際孤兒時候，留學美國的一代人。正値台灣經濟起飛，他們有充裕的可兌換美元的新台幣，卻是個沒有國籍的人，這使得他們陷入身分認同危機，精神迷惘。其時，美國接嬉皮後續，興起雅痞風尙，是將現代藝術概念賦予物質主義。這是一個微妙的和解，以反叛的姿態臣服，對資本化社會進行詮釋的同時，這詮釋再被資本化社會起用，於是，衝突被消解。在台灣的漫遊者接受雅痞文化的背後，有著另外的亞洲的痛楚，是嫁接的意思。這位台灣老闆學的是藝術，在這家餐館裡充分地運用現代和後現代的概念。整座餐館統是用透明半透明的材質裝潢，晶瑩剔透，與其相對或者說相佐，燈光極弱，暗藏在吊頂和地坪裡，投向透明的四壁、桌椅、碗盤杯盞，以及杯中的酒，以反光照明，所以，又是撲朔迷離。唯有人臉是清晰的，浮在暗光中，顯得很白，很小，又很突兀，就像面具。於是，餐桌上的人也成了這現代藝術場景中的細節部分。

奇異的是，即便抽象成面具，這些臉部依然呈現出差異，但因過於表面化，這差異不是做爲性格，而是做爲形式呈現出來，同時呢，又將性格的因素誇張和固定了，就像中國京劇裡的臉譜。還是有一種生氣，從這圖案中散發出來。

提提的那一張臉，極白，極小，好像從聚焦處迅速地退，退，退往深邃的底部。依然是清晰的，平面上用極細的筆觸勾出眉眼，極簡主義的風格。看起來相當空洞，可是又像是一種緊張度，緊張到將所有的具體性都克制了，概括得乾乾淨淨。

她是從哪裡來的呢？這個芭比娃娃，呼瑪麗想。大街上盡是這樣的小女人，閉著眼睛指一個就是，時尚潮流淹沒了她們的個性，連氣味都是一種，所謂國際香型，需要有加倍的激情才能突破覆蓋，露出臉部的特徵。現在，這張臉來到了他們餐桌邊，這張後現代的餐桌邊，就像簡遲生的小娃娃，魁偉的簡遲生一把就可將她裹入懷中。只有呼瑪麗知道，他的魁梧其實來自鬆弛，內瓤耗得差不多了。在這一幕抽象的畫面裡，簡遲生卻是以立體的造型進入呼瑪麗的眼簾，就像先前所描述的——那是出於了解。她知道，簡遲生的力度不可抵擋地鬆懈下來，他只夠擁呵那些體積小材質輕的，比如芭比娃娃，這種大和小的懸殊造成保護與倚賴的假象。她想他當年，從頭到腳，緊得像一張弓，他可不打算呵護誰，而是處處為敵。他輕視女性，與其說是出於男權思想，毋寧說是物理性的力學概念，因為女性不能與他同等量級。漸漸地，他需要女人了，需要越來越年輕的女人。

後來，當他們倆再度成爲單身，有好事者爲他們撮合，簡遲生抱歉地說，他只能夠接受年輕女人，這是男人的臭毛病！呼瑪麗能說什麼呢？簡遲生已經拒絕在先，她要再拒絕就像是負氣。事實上，經歷過這個男人最輝煌的時期，很難再承受他的衰微了。

在他們這張餐桌前面，一幅垂地的竹簾子，如同絹一般細和薄，後面是絲竹樂隊，眞正的絲弦和竹膜，奏的是〈春江花月夜〉。幽微的光將人和樂器的影投在簾幕上，聲和形都是綽約的。在這花月朦朧中，卻間雜著一些尖銳的噪音，時不時地穿透出來，這個東方主義的夜宴便有了破綻。餐廳的音響傳聲也做了特別的裝置，無論來自哪個方向的聲音都是送上穹頂，再均勻散布，與立體聲效果背道而馳，立體聲是爲製造眞實，而這裡是爲製造不眞實。呼瑪麗看見簡遲生低頭俯向身邊的小女人提提，這張纖巧的小臉被埋在簡遲生的身影之中，而她就此循到噪音的源頭，小女人在發飆。她忽然感到一陣快意，這一個懸浮的夜晚就此而有了實在感，許多眞相在假象之下兀自活動，消長著成因。這小女人不滿意呢！那一張小瓷臉裡憋著火，就是這火才讓小瓷臉有了生氣。可不是嗎？在她小小的身子裡儲著許多能量呢，卻壓在簡遲生的梢上。這會兒，小女人提提也在呼瑪麗眼簾裡立體起來，也是出於某種程度的了解。被後現代解構了的存在又自行結構起來。

要是追根溯源，引來提提的人就是在她斜對面的那一個，臉在幽暗中拓開較爲寬闊的一面，頭髮向後束成馬尾，額上留出一個髮尖，著一身黑，更顯得臉白，是一種牙白，密度更大，占位就深邃了一些。當目光漸漸凝聚在上面，他的五官便鮮明地進入視覺，漆目星眸皓齒。你難免會心驚，一個男人如此的美豔是令人不安的。這美豔還不在於長相，更在於一種眼風，你簡直不敢看他，那眼睛裡的光一波三折，攝人魂魄，哪裡來這樣的尤物！「尤物」這兩個字就像爲他而造，一般以爲尤物都是女性，這實在是成見，眞正的尤物是沒有性別的，而且，沒有年齡。你就說不出來他在哪一個年齡段上，二十？三十？

四十？五十？都不是。他在你的注視下漸漸放出光芒，將其他的臉都映暗了，因爲其他的臉有現實感，而他是超現實的。他扶在餐盤——那是珠潤玉滑的玻璃盤，他扶在盤邊的手也顯出來了，纖長的五指，不是女性的，女性的太孱弱，質地也太稀薄；也不是男性的，男性的就粗糙了。他的手，敏感而有力度，這樣的手能做什麼呢？做什麼都不合適，是專被供養著賞識用的。就是這般虛無的美，像一個深淵，引人墜落，墜落。

他的名字叫子貢，和孔子的弟子同名。這名字給他增添一派古風，穿越幾千年，忽又顯得很現代，那就是沒有時代局限的意思。子貢是這張餐桌上的過客，夜宴進行到三分之二的時候，他就要離席。他先與他的左右鄰座貼了貼臉頰，又用眼睛向四方賓客告辭，然後站起身，似乎只是在一瞬間裡，消失了。幽暗迅速將他留下的空隙彌合了。

子貢快步滑過玻璃地面，地面下是一盞盞的燈，猶如步步生蓮。樓梯也是，要換了常人就要眼暈了，都不敢舉步，可子貢卻像貓一樣溜了下去。穿行過餐桌之間，及時地接住一個從托盤上掉落的空酒杯，那小服務生顯然是信賴的，黑制服上的摺疊的線還硬挺著，不等他說出「謝謝」，人已經到了門外。在這水晶宮前站了片刻，判斷一下方向，徑直走去了。他還要去赴另一場夜宴，那場夜宴才剛開始呢！

人潮湧動，全是美豔的男女，不知從哪個方向過來的光，在人群中折返。新鋪然後又作舊的卵石地，磚壁的市井式的建築，瓦楞下是一面一面櫥窗，櫥窗裡立著沒有面目的模特，像夢魘似的。無法想像，就在這方城池之外，是萬籟俱寂的千家萬戶的睡眠，這裡則是城市的夜遊症。子貢走出這城中之城，走到清寂下來的街邊，那裡停著一串亮著空牌的出租車。一輛車悄然過來，門開了，屈身入座，車門關上，旋即，街燈如同靜流，從車窗外駛過。子貢的臉掩在車內的黑暗中，這不夜天就好比熄了一盞燈。

方才儲留在視網膜的景象，還有一霎的拖尾，是提提的影像。繃著一張小臉，裡面積蓄著憤怒。他無奈地聳了聳肩，即便是在無人看見的時候，他依然做出這麼個戲劇化的動作：都沒搞清楚誰是誰呢！她就硬上。眞是雞對鴨講，想到這裡，他不禁笑了一下，覺著很妙，當然，有些猥褻了。所以，只此一次，下不爲例，子貢糾正著自己的言行。然後，他又一次回憶在漢堡，走在火車站那一帶，有幾個光頭男人對他喊，喊什麼？喊他「小靈耗子」。他喜歡這喊法，小靈耗子！他是一隻小靈耗子。誰都知道他是「小靈耗子」，只有提提不知道，她什麼都不知道，就憑了一股子外鄉人的蠻勁，硬上。

車燈像流螢，撲面而來，到了跟前又分開向後去了。這暗香浮動的夜晚，他都能聽見竊竊的笑語。這才剛剛拉開帷幕，而方才那邊已近尾聲，還當是夜晚的主人呢！那是前朝夜生活的遺老了，他們不知道，時代在發展，夜生活也在發展。不過，他尊敬他們，就像尊敬傳統。他們有過輝煌的歷史，同時，不可避免地，也有歷史的局限性。比如說，他們就無法深入夜生活，接觸到那裡面的核心，而他能夠。

車在一幢三十年代歐陸風格的庭院前停下，他付了車資下車。庭院坐落在僻靜的街角上，鐵柵欄門虛掩著，他一閃身，身影到了砂石地面上。庭院裡是一幢石砌小樓，窗洞很深，有塔型的窗簷，門開在側邊，他登上台階，推了進去。挑空的穹頂底下，是黑橡木的桌和椅，不鋪桌布，可見粗大結實的榫眼榫頭和木板的拼縫。正中一架木梯，通向二樓周邊廊下的樓座，壁龕裡點著燭形燈，就像一座中世紀的城堡。樂隊，在木樓梯前的一方空地上，正在調音，薩克斯管像蛇一樣扭動著上行和下行。他來得正好，有人在叫他：子貢，子貢，是外國腔的中國話。他在中國人裡算得上高，可在外國人中間卻只是中等，那一堆人顯得黑影幢幢，是由幾張桌子，以及幾夥客人拼起來的。他們彼此並不認識，但來到這裡，就是朋友。子貢落了座，沿著桌沿由近及遠地打招呼，此時，他說的是德語。喊他的是他的德國朋友，出門在外，聽見自己的母語，是多麼親切啊！他們個個把子貢當成自己的親人。他要的飲料送到了，歌手也唱起來了——一個二十來歲的中國男孩，發出「娃娃腔」的中性的音色，這也是中世紀風的，類似閹人歌手。唱完一支，又唱一支，掌聲響起，再響起。在這縮小體量玩具樣的哥德式穹頂下，穿行著細若遊絲的聲音，泛音呈光譜狀一波一波蕩漾開來。

左鄰右舍爭著與子貢碰杯，白色的泡沫從巨大的啤酒杯沿淌下來，好像耶誕節的雪。子貢不喝啤酒，他喝湯力水，他不能讓身材走形。這些德國人肥大的肚腩，還有垂掛下的眼袋，缺乏光澤石灰白的膚色，就是啤酒的作用。外國人就是這點好，他們不會逼你喝酒。而且，他們都知道這城市有一個喝湯力水、說德語的中國男——他們介紹子貢給朋友，朋友再介紹給朋友的朋友，一傳十，十傳百，子貢是他們在這個陌生的遠東國度裡的一點熟悉。說起來也很奇怪，出國不就爲的見識沒見過的人和事？可結果怎麼呢？都在努力尋找自己認識的東西。掉過頭來也是，中國人到了國外就找中國餐館。這個中國男，對他們德國，尤其是漢堡，很熟悉呢！有時候，一個黑森州，或者巴伐利亞人，聽他談漢堡，聽得就像是個鄉巴佬。問他，怎麼知道那麼多，他就回答，我們和漢堡是姊妹城市啊！這回答很外交，也合乎德國人審慎的民族主義口味。

誰能知道他心中的漢堡呢？

漢堡在記憶裡是陰晦的。在那最晴好的日子，湖面上閃著白帆，就像是個璀璨的夢魘，倒是灰暗的火車站更接近於現實，因是他能夠理解的。他發現，全世界的火車站都如出一轍：人跡混雜，骯髒擁擠，氣味難聞，充滿了各種犯罪，而且，有一股戚容。在那裡，聚集著人世上所有的無歸所的日子。那一對中國夫婦，嚴格說是中國丈夫和混血妻子，他們還在那個小旅館裡？混血妻子——老實說一眼看去就是個中國女人，中國的北方女人，粗糙、笨拙、操勞，挾一股豪氣。她的那一半猶太血統，似乎完全被中國遺傳掩蓋了，其實是這兩種血緣中的東方格調在某一點上相合了。她坐在迎門的櫃枱裡，那深褐色的木製櫃枱以及護牆板，都已經陳舊了，櫃枱上的綠燈罩枱燈、拍紙簿、打字機、鉛筆，也是舊的，好像是連同這一爿旅店一起從上一個店主手裡盤下來的。中國丈夫穿一身西裝上上下下地照應，應當說他算得上清秀，可卻氣色不佳。不知因爲生計辛勞，還是受白種人的襯托，漢堡的中國人大都是薑黃的臉，就像是種族的標誌。但無論是混血妻子粗糙的臉抑或中國丈夫萎黃的臉，都含有著沉靜的氣質，表明他們來自知識階層。經過櫃枱走進狹窄的走廊，不要上樓梯，而是向左，有一扇門，門裡是早餐間，餐枱上有一口巨大的稀飯煲，盛著滾燙的黏稠的大米粥，撲鼻的粳米的香，幾乎讓人落下淚來。

住店的大都是來自中國大陸的客人，因爲沒有語言的障礙，眞是有賓至如歸的心情。早餐過後，出門之前，客人會在早餐間停留一時，和老闆和老闆娘聊天，主要是聽，聽這夫婦倆講述生平。看見中國來的人，夫妻倆也感到親切，大約這也是他們選擇開旅館的原因之一吧！混血女人的母親是猶太人，二次大戰希特勒排猶，他們舉家遷往父親的家鄉北京。剛出生的她，完全是在北京長大，其實就是個北京人。她會說德語，因爲要與母親對話，是當方言來說的，到德國的前夕，她還不能閱讀，就像一個德國的文盲。她在大學最後一年的時候，文化革命開始，父親被當作特務批判，又送去郊縣勞動，染上了痢疾，僅一天一夜，瀉到脫水，來不及送回北京，就死在生產大隊的赤腳醫生診所裡。在此期間，德國對二戰時期流亡的猶太人優惠補償，特許帶家眷回國。母親未必對自己的國家有什麼眷顧，她的大半生都是與一個中國人度過，可這個中國人已經逝去，北京也成傷心地，而且，女兒和女婿——她的大學同學，夫婦倆一個在北京，一個在河南，不知道什麼時候能團圓，工作和專業又都不對口，爲孩子們的生計，她帶著女兒女婿，一併回了家鄉漢堡。聊天時，猶太母親靜靜地坐在一邊。三十年生活北京，似乎磨滅了她的異族血統，她的臉相也像是中國人，中國老人。只是在她這樣的年紀，中國女人不會穿著得如此盛麗——她一襲長裙，臉上化了妝，就像要去參加舞會。她不會說中文，是不是能聽懂？對了陌生人說家中的事，於她大概是不慣的，可是如此傳奇的一生，她都不相信是發生在自己身上，這麼一遍一遍地訴說，就像是在說服她承認下來，所以，她傾聽的表情是相當專注的。

那時候，他總是在火車站一帶遊蕩，在流動的人裡面，他似乎有一種歸宿感。這家掛著中文招牌的旅館，是他經常出入的，有時是借用廁所，有時是問路，還有時是借打氣筒給自行車癟了的輪胎打氣，再有時，只是坐坐，聊聊天，就這樣，他聽來了關於他們家庭的故事，以及其他更多的，怎麼說，稱得上是隱私吧。

漢堡，在他記憶中，並不是個日耳曼人的城市，而是壅塞著中國人的臉，男女都穿著訂製的淺灰色的西服，八十年代的西服，跨肩鬆懈，腋下鼓了出來，後背闊而平，垂出一些僵硬的摺，看得出中國剪裁平面的觀念，而西服是立體三維的——穿著中國式西服的中國人從旅行車裡魚貫而下，帶著謹慎的表情，將好奇與惶惑壓抑在心裡。就是這些中國人的臉，構成了漢堡的印象。與此相反，在這裡，這個中國城市，卻換上了日耳曼的臉——年輕時就像愛神，漸漸上了歲數，膚白便成了岩壁般的粗糲的白。

那個德國律師，也是個猶太人，看起來挺落魄，粗線呢格子的外套袖口磨出了毛邊，公事包的皮面皸裂了，布著網狀的裂紋。他那個小小的，只他一個人的事務所，專為中國人、土耳其人、越南人等等的外國人承辦移民和避稅的案子。他來到這間火車站的中國旅館，就坐在早餐間裡，用手拈著盤子裡的灌腸，一片接一片塡進嘴，聽老闆和老闆娘詢問關於納稅制度裡有哪些可乘之機，他呢，為他們做翻譯。他畢業於外國語學院的德語系，來到德國才發現，他學習了四年本科，不過是在學習德國普通話，除此，學什麼都要從頭來起。當然，德國普通話給了他另一種方便。這樣，他做翻譯，他們的德國母親在中國生活數十年，結果似乎是中國話沒學會，德國話也生疏了，而他已經是他們家的朋友。這個清秀的年輕人挺得他們的好感和同情，甚至，差不多成了他們的早餐客。那一大煲粳米粥，配一點台灣腐乳，如何的美味——同樣的奇怪，當他回到中國，粳米粥唾手可得，他卻成了西餐愛好者——很快，不久，他們便知道了這年輕人的危險。

和律師談話的第三天，年輕人向他們夫婦提出一筆交易，那就是讓他在旅館做一份工，當然不是勞力的工，而是，比如接待啊，做帳什麼的，他朝門口櫃枱的方向歪一下頭；倘若他們不能給他這份工，他就向稅法部門舉報他們逃稅的行爲。他說話的神情相當平靜，甚至稱得上和悅，就像商量一個挺好的建議。他的眼睛坦誠地看著他們，他們這才看出這年輕人長著一雙女性的丹鳳眼，萎黃的臉色掩蓋了他的俊俏，這俊俏是可怕的。怎麼辦？他們來到這國家不久，還沒有，也許永遠不可能融入社會，他們只能沿著邊緣走，規避著嚴厲的法律，同時，也喪失了保護。當他們向他索要身分證件辦理用工手續時，方才發現他的護照已過了簽證期限，不得不表示愛莫能助，他們不能雇傭黑工，觸犯移民法。他向他們笑了一下，這一個笑可稱得上嫵媚，他說：你們不已經違法了？從此，進門處，那褐色護牆板底下，櫃枱裡面就換作一個年輕男人的俏麗面孔，爲這家陳舊的小旅店添上一點曖昧的東方情調。

那「娃娃腔」一直在唱，如此纖細的聲音卻沒有一點撕裂和喑啞的跡象，聽久了，就覺得不是人聲，而是一種獸類，小小的、軟軟的、一點威脅也沒有的，卻是叵測的。這就是夜生活。說是夜生活，其實已是凌晨，黎明前最黑暗的時候，星月與太陽正作交割，留下一個三不管地帶，太陽系所有的行星都遠離地球。

「陶普」畫廊在這城市嶙峋的建築群中的一個犄角上。「陶普」這名字來自英文「TOP」，是這幢樓的頂層，而這幢樓卻幾乎埋沒在樓群裡面，但是，通過樓群的縫隙，卻正面向江對岸，於是，對岸的燈火從水泥壁的隧道裡，穿越而來。亮度沒有削弱，反因為逼仄通道的擠壓變得銳利，同時也改變了形狀和質地，抵達「陶普」的窗戶——陶普的窗戶被外牆上交叉的黑色鋼筋凌割了，留下一格一格不規則的窗洞，被對岸渡來的光染成紅、白、藍、黃的色暈。這很好，陶普就成了一個大魔術盒子。你看不見魔術師的手，可是，不知道什麼時候，奇蹟發生了。

魔術師收進一條手絹，放出來的卻是一隻鴿子。許多人這樣地進來，卻那樣地出去。趁著窗外映著的色暈，這些色暈滲進來，經過各種幾何形狀的窗格子，進來以後又交錯縱橫，盒子就變成一個五彩盒子。地上有一些積木塊似的桌和椅，牆上呢，有巨幅的畫，也是色暈，簡直分不清畫裡和畫外。也有一些精緻的小東西，豆大的人形，瓷和陶土做的，擱在一面牆的壁架上。壁架上下排列有上百個小龕，放著小東西，好像千佛洞。當然，小東西不會有佛的莊嚴，而是諧謔的。你細細看過去，個個都在竊笑似的，做著鬼臉，一剎那間，失去了人形，成了一些碎顆粒兒。畫廊的壁就是魔術盒子裡的機關。所以，雖然沒有人，可是，其實，眾聲喧嘩。

這是藝術啊！人和人生的蟬蛻，裡面空無一物，卻是透明的，象形的，殘餘了生物的體溫，疼痛的記憶。你說它不夠肖眞，是因爲人和人生都在趨於變形，現代主義的經典作品《變形記》裡不是寫了，一個人最後留下了一條蟲的乾癟的殼。就是這個意思！藝術的本質並沒有改變，還是蟬蛻。可有一件事情不容忽視，就是魔術。自從魔術的因素參加進來，藝術的本質沒有變，結果卻有了大變化，那就是蟬蛻有了生殖力，它繁衍下一代，下一代再繁衍下一代，子子孫孫，沒有窮盡。生態學有一種說法，說的是一個物種瀕臨滅亡之際，反應出來的恰是瘋狂地繁殖。可是，當你看見如此旺盛的產出，怎麼能相信這話呢？就是這樣，蟑螂源源而生，將空間占領。你忍不住要算一筆帳，就是世界上總共有多少面牆，可以容納這些存放在壁上的蟑螂，也是爬牆虎的一種。然後，你發現不用發愁，空間也在繁殖，數學裡說的「立方」，就是空間繁殖的概念，也是空間繁殖的方式。在實有的世界之上，還有著理論的虛擬的世界，那是無限制的存在，這就是藝術的寄生所在。

所以，你別看這魔術盒子擠在密匝的水泥叢林裡，蜂巢似的一個格子裡，其實內裡有著無限的容量，那巨幅的圖畫中心，看進去，看進去，深不見底，千佛洞則是一千個深不見底。不規則幾何圖形的窗玻璃上的色暈，就像雨後的虹，卻是乾涸的，漸漸稀薄了似的，是晨曦的效果，最初的晨曦起來了。你知道了吧，夜生活的最深處是晨曦。晨曦微明，魔術盒子回復到本來面目，壁上溝壑復為平面，千佛洞裡的小人形規矩下來。灰白的天光裡，「嘩」一下注滿成億計的塵埃粒子，均勻布開。燈熄了，這城市裸露出堅硬、粗糲的質地，就像礁石從海水中突兀出來。你這才知道，魔術師的手已經來過了，又走了，玩意兒都變出去了，或者是收進夾層裡了，空空蕩蕩，可是，玄機處處。

魔術盒子空著，門外掛著「CLOSE」的牌子，耐心等著。那浮塵粒子其實也挺有看頭，隨了光的移動、強弱，它們顯出不同的形狀。什麼沒有形狀啊！最微賤的菌種，也有著形狀，是被生命撐出來的。也不定是什麼時候，這浮塵粒子忽就譁然起來，推擠起來，打了皺，又抻開，湧到這，湧到那，有人來了！聲音起來了，擺桌子擺板凳，杯盞相碰，清脆得就像杯中凜冽的酒。聲音從壁上折回來，四面都是回音壁。還有一些氣味，不是被人帶進來的，而是原有的，是另一種浮塵，物質的密度更大，要重一些，被翻動了，就喳喳然地起來了。外壁上黑色的金屬架子上，有飛禽的小腦袋朝裡張望，在牠們看來，這建築就像一個巨型的鳥籠，裡面是巨型的鳥。牠們這樣的生靈，最能敏感到將要發生什麼了。好了，舞台正在布置，下一輪的魔術將要開場。

二

子貢就是在陶普畫廊認識了提提。那一晚，陶普畫廊舉行行為藝術展，只一個作品，題名：最後的晚餐。這個私人畫廊，老闆很神祕地隱在幕後，由一個操弄文字的人主持，因名字裡有個「潘」字，人們稱他潘索，從英文「PENCIL」過來，聽起來就像是「蠟筆小新」的前輩。潘索是在上世紀八十年代自由思想背景下成長起來的藝術先鋒，到了本世紀初一浪接一浪的思潮興起然後退潮，形成然後瓦解，二十年裡積累起的價值資源被揮霍得差不多了，而他已經及時地奠定地位，擁有了話語權。這是時運裡一個很微妙的悖論，就是說他在八十年代對傳統的激烈反叛，正好夠用於土崩瓦解的今天，承當權威的角色。似乎時代在轉換中，忽然打了一個盹，後來人們經常用的「一不小心」的說法，大約就來自這裡——「一不小心」，潘索從上一個時代囫圇到了下一個時代。陶普畫廊因有了他，而有了革命的身分，足以吸引天才的年輕人，陶普的資金實力，也讓它有耐心等待天才的甄別、篩選，然後最後實現價值。關於那個投資者，人們有許多猜測，有說是瑞士銀行家，有說是紐約蘇荷區的經紀人，也有說是中國權力高層人物，總之，與美協美術館等等體制內的機構沒什麼關係，也和大眾傳媒系統沒什麼瓜葛，可是，在藝術人的圈子裡，卻相當活躍，並且頗具影響力。

九時不到，陶普已聚滿了人，大都是藝術家和策展人，也有領館的外交官，因和潘索有私交，以朋友的身分前來助興。人們手裡端著葡萄酒杯，有兩個小妹托了乾果盤穿行其間。此時，這間畫廊就顯得局促了，幾乎只能貼壁而立，時常有碰翻酒杯的事發生，亂一陣又各歸其位。展廳的正中則很奢侈地空著一大張長桌，堆著十來把椅子，長桌和椅子都是黑漆木製，直角直線。人們調侃道，莫非這就是展品？「最後的晚餐」——副題爲「主客均逃逸」，有人加上一句戲謔。這時才發現，潘索不在場，哪裡都沒有他那個貓頭鷹似的大腦袋，寬闊的前額裡不曉得藏著多少奇思。不在場也不要緊，陶普裡的氣氛已經夠好的了，人們喝著葡萄酒，忌酒的人喝飲料加冰塊，聊著藝術和生活。於是，又有人猜想，會不會這就是作品，每個人都在其中，那麼，爲什麼要稱「最後的晚餐」呢？很快，也許就在明天，至多後天，大後天，他們又會聚在這裡。可是，當然，明天的晚餐就不是今天的晚餐了，哲學家不是有一句名言：人不可能兩次涉入同一條河！這樣說來，每一次晚餐就都是「最後的晚餐」了。想到自己就是作品的細節，不由覺得很滑稽，有一點被愚弄的感覺，可是也很興奮，這簡直是腦筋急轉彎的題！

說話間，兩個小妹開始打理餐桌了。將椅子翻下，排在長桌的一邊和兩頭，呈現出受觀看的格局，古典主義格局。一數，正是十三把椅子。人們安靜下來。排好椅子，再擺放餐具，每個座位前放一個大白瓷盤子，兩邊是刀叉。

盤子在啞光黑漆的桌面上扣下一輪瓷白，分外耀眼。小妹們的裝束原來也是黑和白，黑衣褲外面罩著白色帆布大圍裙，就像作坊裡的工人。發完餐具，餐桌後方的冷光燈亮了，燈下貼了壁是一道階梯，正方形的黑木塊搭成，通往房屋的半腰位置的平台，稍事停息，從台階魚貫而下一隊人，一律裹著一襲白色斗篷，順序步入席間，正好十三個。坐定，小妹們上菜來，每個盤裡扣一大勺泥狀的食物，十三個人埋頭吃起來。斗篷的帽子罩了他們的臉，只看得見嘴動——張大，送進一團泥，再又合上。盤中的泥狀物越來越少，直至全無，叉和刀還在盤上刮著，發出令人牙酸的尖嘯聲。於是，人們笑了，一直緊繃著的氣氛鬆弛下來。最後，十三個人一併將刀叉放下，褪去斗篷的帽子，露出臉來。原來，坐在耶穌位置上的就是潘索。最意外的是，猶大位置上竟是個女孩，就是提提。

提提，十九，還是二十歲，一張精瘦的小臉，頭髮從中間分開，編成兩根鄉俗的小辮，搭在窄細的肩頭，直著腰背，套著白色的大斗篷，就像坐在一頂帳篷裡。她抿著嘴唇，眼睛亮著，左右轉動，完全是小孩子的得意和高興。有人發問說：爲什麼猶大是個女人？不知誰回答道：因爲女人的本性就是背叛！緊接著一片噓聲起來。一個外國人用發音誇張的中文說：中國文化裡是不是有一種對女性的警惕，比如，紅顏禍水。就有中國人反駁說：基督教文化不也有性別歧視，猶大的兒媳婦她瑪，不是誘姦猶大亂倫？犯下了他的第一宗罪，之前，他還是仁義之士呢！於是，就起了這樣一種猜測，「最後的晚餐」中那一個女人其實就是她瑪，是猶大的變體。那麼，耶穌是不是耶穌呢？倘是變體，又是誰？接下去，其他使徒的身分也都可疑起來。這時候，潘索探身向提提，雙手握住她臂肘的上方，像提一個布娃娃似地將她從斗篷裡提起來，放到他——耶穌的位置上，提提的空斗篷在椅面上撐持一時，然後頹然坍塌下來。

你們說，潘索向著人們，你們說，現在她是誰？不等人們明白過來，潘索下結論道：她可以是任何人！先是靜了一下，然後就有人緊問上來：爲什麼是她，而不是你？潘索說：也可以是我，甚至可以是你！那人沒有被搞暈，堅持問：可事實上就是她，不是我，也不是你！人們都笑了，事情本來到此可以結束，但潘索卻不，他是那類，在任何爭辯中都要說最後一句話的人。他說：是的，事實上就是她——他伸出手，端住提提的臉，使她面向所有人，是她，毫無疑問，有沒有聽過歌劇《費加洛的婚禮》？裡面有一個角色，伯爵的侍從，一個年輕人，可是歷來都是由女性扮演，唱女中音聲部——那是出於音色的考慮，有人應聲道。潘索笑了：這不結了？還是他說最後一句話。餐桌頂上的射燈應聲而滅，一陣桌椅碰撞，「使徒」們離座散席。他們走到人群中，飲酒聊天，依然套著斗篷，「最後的晚餐」還在繼續。

潘索未及離開餐桌邊，就被人包圍住了，在暗了燈的影地裡，他的兩個大圓眼鏡鏡片忽而閃爍一下。嫌斗篷妨礙走路，他將下襬提起來，在腰間打個結。他的行爲舉止，有一種孩童般的稚氣，顯得很可愛。還是那個外國人，說中國人警惕女性的，又提出新問題：在中國的京劇裡，男性扮演女性，是出於什麼樣的用意？潘索有點怕外國人，他們知道一點，就抓住不放，窮追不捨，最後不知把你逼到哪裡去！他敷衍道，在舊式社會裡，男女不能同台，所以，只能由男性來扮女角。可那外國人卻沒那麼好打發，他說，他看過一本中國清朝人寫的書，《品花寶鑑》，寫的就是男人欣賞男旦的故事，這其實是中國男人的趣味，這趣味意味著什麼呢？你說！潘索眞有一絲膽寒，本來對中國戲曲沒什麼熱情，這外國人又扯得更遠，這就是西方式的邏輯思維，推雪球似的，豆大的一點可推成雪娃娃。但是潘索並不是怕事的人，相反，他亢奮起來，將腰間挽的結緊了緊，有點摩拳擦掌的意思。他說：我倒有另一種看法，男性演女性可以更客觀地表現，女性往往不知道什麼才是自己的美，因爲沒有審視的距離空間，中國有一句古詩，叫作「不識廬山眞面目，只緣身在此山中」！一旦把話說得複雜，外國人就全同意了，很讚賞地點著頭。潘索這才得已脫身，從暗處走出來，向小妹要了一杯酒。

潘索有一張明朗的臉，眉宇寬闊，額頭飽滿，嘴呢，輪廓很好，有點像北魏石刻的觀音，無論多麼表情肅穆，依然有著寧和的愉悅感。這種愉悅感不止是來自臉相，更是由內涵決定，或者說，聰明人自有好臉相。他有著極好的天賦，感受能力超強，思辨能力也超強。倘若他生在古代，就是哲人，都能通天地，可惜如今的世界太多的物質，壅塞了人的耳目。而他又氣場大，元氣旺盛，特別能吸納，吸納的就都是二手貨。今天就是一個二手貨的世界。因爲思想的銳度大，進入到了事物的較深處，他就常常感覺到受阻。思想被囚在牢籠裡，左衝右突，撞不開一絲縫隙，於是，他體驗到了思想的黑暗。怎麼解決呢？就是回到感性的最表層——官能中來，在官能的快感中他暫時緩解了思想的焦慮。所以，他在思想者的同時，還是一個感官主義者。很幸運，他具備了很好的感官條件，身體好，胃口好，耳聰目明，能辨聲色。幸虧有了這些，否則他就將墜入虛無，而現在，他前腳蹈入，後腳及時收住。也是有這些，他就有了一個人性的弱點，就是避苦趨樂。因曉得思想的艱苦且無結果，便在感官上更傾向。但是他又不能閒置思想於不用，思想於他，漸漸也成了一種官能。那麼，就在虛擬的遊戲中使用思想，實現思想的價值。這遊戲大體上說來是這麼一回事，就是整個過程都是嚴格的邏輯推論，和最古老最經典的哲學方法一致，但是，前提卻是莫須有，於是，事情便懸置起來。

要說，現代藝術眞是應他而生，要沒有現代藝術，潘索到哪裡去做他的思想遊戲？現代藝術，特別適合運用潘索們的思想才能。或者，甚至可以說，現代藝術就是由潘索們設制的。陶普的幕後老闆眞是有眼光，也有運氣，從茫茫人海中將潘索大浪淘沙似地淘了出來，給他一個大遊戲場，任他嬉耍玩樂。這裡也有一個奇妙的悖論，潘索們的思想遊戲是在虛擬的前提下發生，可是它卻又必須依仗現實的物質形式——沒有比現代藝術更具有消費性的了，這老闆實力非凡。

好了，潘索要了一杯酒，正喝著，提提從身後解開他白布袍襟的結，鑽進斗篷，抱住他的腰，從腋下伸出小腦袋。就像一隻出殼的小雞仔，抖一抖身子，濕淋淋的絨毛一下子乾了，張開了，放出純潔的纖細的柔嫩的光。誰都看出來，這孩子正得潘索的寵呢！誰也都知道，不定什麼時候，這孩子就會失寵。倒不是說，潘索逢場作戲，而是他是個大食量的人，一個提提遠不夠塡的，十個、百個提提也不夠塡。如此廣種卻絕不薄收，每一次他都能收穫極大的激情。沒有一次是膚淺的，全是深刻的情感，還有情欲。所有這些女性就像是靈感一樣從他思想中閃耀起來，煥發出燦爛的光輝，沒有一次是稍遜色一點的，全都勢均力敵。可是，誰能與他對抗呢？方才說過，他是有超常天賦的人，事實上，他所選擇的，或者說受吸引的，也都是有一定天賦的，孱弱者壓根兒不會進入他的視野。就好像拳擊手，總是要和同一量級的人對峙。然而，差異在於，她們幾乎是聚集了之前和之後，整整一生的激情的量，而他，只是一個階段的激情，就夠打個平手了。潘索的女性們，在這一階段裡，消耗了她們所有的能量，成了個人殼子，也是蟬蛻。在她們極其漫長的餘生，這餘生幾乎可說就是她們的一生，因爲這個階段是極短暫的，轉瞬即逝——在她們的餘生裡，當然還會發生感情事件，那又是什麼呢？和藝術一樣，是蟬蛻所生殖的，蟬蛻的蟬蛻，它們只是在外形上有著感情的特徵。在他的身後，留下了一串的皮影似的人殼和愛情殼子。所有這些女性的命運，都不能爲後來者提供前車之鑑，總是有奮勇者投入潘索的懷中，應該這麼說，是被潘索攫來懷中，而她們束手待斃——潘索的蠱惑力就在此，在他是瞬間，你卻相信是永恆。

提提的臉挨在潘索的下頷，顯得格外的纖巧和青白，鼻梁上橫著淡藍色的筋脈。老話說，青筋包鼻子，往往是小孩子生病的前兆。自從提提跟了潘索，就總是處於生病的前兆中，卻終於沒有生病，好比箭在弦上，懸而不發。看上去，儲量已經掏空的樣子，可是連潘索都感到驚訝，這孩子的內儲掏空又生出，掏空又生出，似乎有一個神祕的泉眼，無窮無盡。很少有人能跟上潘索洶湧澎湃的能量，他總是超出一個，再超出一個，而他感覺到提提拚力不讓他超出，她緊緊地跟定他，這讓他感動，又爲她難過，他知道，這無濟於事。他終於是要超出她的。事情開始時，他就知道了結局。

在西南最繁榮的商業區，商廈擁簇中的美食廣場，這一家日本料理「味千拉麵」的餐桌，從店內鋪到店外，就這樣還排起等座的長隊。穿一身紅的小姑娘們穿梭在客人的吆喝下，腳不點地，應接不暇之間，卻有一個，經過店門前，對著「味千」娃娃，那大紅卡通人站住腳，面對面的，好像要做找朋友的遊戲，然後歪頭一笑，摸摸它頂上黑漆染的頭髮，又腳不點地走過去。這個動作讓潘索的眼睛停了一下，他認定這個女孩子的身上會發生故事。後來的幾天，他連著去「味千拉麵」，因不是星期六和星期日，生意略要清淡些，氣氛便也鬆弛許多。他每次去只要一樣，豬手湯麵，他喜歡，熬白的濃湯裡調進大量的蒜茸，他是一個口重的人。吃著豬手麵，看那女孩子往來於桌椅之間，受店長和客人的訓斥，而她總是一副好心情，顯然沒把他們放在眼裡。她的眼睛特別大，一回頭，看著你，就又睜大一點，含著呼之欲出的驚喜，好像遇見了老熟人。當知道你不過是向她要一個醋瓶，她轉身就去取，送來時，微翹著腳尖，搖搖地走過來，勤快裡帶著些譏誚，好像說：不就是個醋瓶嗎？潘索不知道他是為吃豬手麵來，還是為欣賞這女孩。有一次，他只是有事從美食廣場穿過，距「味千拉麵」十數米遠，就見溶溶的紅光裡，那女孩在向他熱切地招手，他不忍拂她的好意，只得走過去，坐下，吃了一碗豬手麵。埋單的時候，他對女孩說：其實我已經吃過飯了，看見你招手，忍不住又吃了一頓。女孩笑著收下麵錢跑開了。他看見她跑到她的夥伴跟前，笑得彎下腰去，她的夥伴都回頭看他。潘索曉得是在說他的笑話，不由地也笑了。這個女孩的快樂很有感染力。後來，他又來到「味千拉麵」，卻沒看見女孩，向其他小姑娘打聽，她們告訴他，那女孩不過是趁假期替人頂班，現在學校開學，就回去讀書了。這樣，潘索就知道，女孩其實是個學生，在市裡一所大學讀專科，名字叫蘇提，大家都喊她提提。

這還不算是開始。其時，潘索有女朋友，一個繪製卡通的電腦操作工。潘索並沒有認眞想過，他自己是做藝術這一行，但他的女朋友卻都不是藝術家。似乎，潛意識裡是抵制藝術家，或者抵制女藝術家。關於這問題，將來會有機緣高手相逢，專門展開討論。這個繪圖員，原來是做文字輸入的，打著一手飛快的五筆字形，打得生厭了，潘索把她安排到朋友的工作室做電腦繪圖。這女孩子連高中都沒有考上，讀的是技校，也和電腦無干係的，但是卻奇怪地很與電腦通緣，一旦上手，學什麼是什麼。這般看來，潘索的女朋友學歷也不高，但是，卻有點奇才。潘索和她經歷了愛情的高潮，趨向平靜，這一段平靜雖然缺乏激動，但有一種甜美。怎麼說，有一件事情帶有隱喻性，那就是吃飯。最初的約會，他們吃的是魚翅，第二次是龍蝦，然後大閘蟹，再然後牛排，接下去就是豬排，最後是魚香肉絲，什錦砂鍋，兩人面對面坐著，端了碗埋頭扒飯，有一種親情生出來了。原來他們只是平常的飲食男女，在這茫茫人海間相攜相執度人生。同時，危險也在迫近，事情又要跌入窠臼，窠臼就是日常生活。

那是潘索所懼怕的。他曾有過一次婚姻。那時他還年輕，對婚姻充滿好奇，他帶著實驗的心情進入婚姻。實驗很快就完成了，誕下一子，體嘗了爲夫爲父的情感，還有什麼可期待的？除去日復一日，年復一年。於是，退出婚姻。令潘索感到沮喪的是，每一次的開頭都很特別，但結局都是一樣，總是落入窠臼。不過，沮喪不會攫住潘索太久，很快，他就又崛起，懷著新鮮的希望投入下一次的開始。生活總是厚待他，爲他製造契機。

就這樣，事過一年之後，他走在淮海路最喧騰的一段，竟又看見了那個叫提提的女孩。她站在臨街的門廳，門廳裡一道樓梯直上二樓，樓梯邊的牆上張貼了餐廳的廣告，寫著「加州牛肉麵」的字樣。因是在二樓，路人通常注意不到，就專派人在樓下門廳裡大聲宣揚，提提就是幹這個的。

這一回，她穿的是綠衣綠褲，因是天冷，外面罩一件羽絨服。她雙手插在羽絨服口袋裡，背靠牆，嘴裡嚼口香糖，大聲對路人喊叫：加州牛肉麵，物美價廉，天下第一麵，過口不忘，保準再來！她一迭聲地叫嚷出一串，然後陡地收住，停一時，再起來。她的叫嚷惡狠狠的，好像對每一個路人有仇。她的臉還是原先的，精巧的小臉，可是那時的快樂沒有了，取而代之的是怨懟的表情。她下巴核抵在胸前，抬著眼看面前的世界。這一排街面，都是餐館，門前立著女孩，大聲宣講廣告詞，此起彼落，其中就有一個提提。潘索看見提提，第一個反應就是，這小姑娘將要發生故事了。

當他過去招呼她時，有一瞬間怔忡，她想：這人怎麼知道我的名字？很快她認出他來，眼睛一潮，哭了。他也有些觸動，這一年的時間倏忽從眼前經過，有些蒼狗白雲的意思。他抬手摸摸她的頭，江南的暴冷天裡，四處冰涼，她的小小的頭顱卻是溫暖的，癢癢地刺著他的手心。她側起臉，將眼淚擦在他手心裡，臉是冰涼的絲滑。他喜歡她這個動作，有一種稚氣的性感。他期待她再來一下，可她的臉卻離開手心，向著街面又吼出一串：加州牛肉麵，物美價廉，天下第一麵，過口不忘，保準再來！他樂了，笑出聲來，她也笑起來，問他怎麼知道自己的名字，不是嗎？他們其實還是陌生人呢。

他們站在門廳裡聊天，耳畔是各類餐點的宣講聲，間或提提也要來上一段「加州牛肉麵」，鼻腔裡壅塞著加州牛肉麵濃重的香料味，隔壁丸子湯鍋的胡椒味，還有卡布基諾咖啡味，義大利披薩的番茄醬味。中間，樓上下來一個年輕男孩，戴著廚帥的白高帽子，下到樓梯半途，探身看提提，被提提的眼神逼回去了，過一時，又下來。潘索一眼看出在男孩俊朗的外表下是平常的資質，和提提不能同日而語，隨即將他放在一邊。又過了一天，潘索再來到加州牛肉麵館，將提提帶走了。

提提在上海就讀的是內地企業委託辦班的兩年制大專，讀完回原地安排企業內就業，照理是很好的出路，事實上也是企業專爲職工子弟安排。提提卻不喜歡那個專業，也不喜歡自己生長的地方，她喜歡上海。兩年讀完，她放棄就業，滯留下來。父母爲逼她回家工作，斷了供給。提提早就有防備，打工加節省，攢了一些錢，是給自己預留的失業金。提提的兩年制大專文憑，有和沒有差不多，所學的技術又很狹隘，只能用於單一門類裡的基礎工種，但提提有一個優點，她對職業沒有成見。出於一種多少是盲目的自信，她相信眼前的都是暫時，前景一定是遠大的。所以，倒也不難找到工作，像「味千拉麵」、「加州牛肉麵」，還有「振鼎雞」、「沈記靚湯」——聽起來就可知道，都是餐飲業，從打第一份工開始，就定了終身。一方面是不穩定的漂泊的生涯，另一方面又是千篇一律，從一而終，不會有預期之外的可能性發生。這些打工的經歷，不止是辛勞，也還含有著難爲外人道的痛楚，這就是提提臉上怨懟表情的來源。然而，潘索的出現及時挽救了提提的信心，她想，可不是「暫時」的！二話不說，收拾起東西就跟潘索走了。

潘索將提提帶到陶普畫廊，做一名小妹。雖然也是掃地抹灰、端茶送水的活計，但卻是換了人間。畫廊裡的作息和餐館裡的差不多，或者更甚，就是乾坤顚倒。一個上午都是沒人，午後也大都沒人，偶爾有人推門，顯然也是無意撞上，表情茫然地繞一周，又退出去。向晚的時候，潘索會過來，帶著一張睡意朦朧的臉。事前，提提就煮好一大壺咖啡，他一杯接一杯喝完，彷彿枯樹澆上了水，一抖擻，活了。然後，潘索約的人也陸續到了，有時寥寥幾個，有時則滿滿地擠一大桌。他們來到這裡，只做一件事情，談話。提提感到很驚訝，他們的談興如此高漲，可以一徑這麼談下去，忘記了時辰。談餓了，就讓提提打電話叫外賣，或者一起出去吃，也叫上提提。

往往已經是消夜的時間，從陶普過去兩條馬路，是著名的食街，人聲鼎沸。晃晃的燈下，立著招徠生意的人，以女孩爲多。提提不由會想起自己，不久前，自己也是其中的一個，可是現在，她卻是和潘索的朋友們在了一起。潘索和他的朋友們隨意推開一扇門走進去，圍桌坐下，繼續談話。他們談的什麼，提提並不能懂，但她很喜歡。喜歡這些費解的、拗口的字詞，被他們稔熟流利地說出；還喜歡他們飛揚的或者頹喪的神態，因爲他們飛揚與頹喪的原因全爲她所不懂，這不懂的東西有一個命名，就是藝術；她喜歡藝術。晚餐的時間也很漫長，應該說他們又忘了時辰，直到四下裡的客人都走淨，四下裡的餐桌也收拾淨，廚房顯然熄了火，小姑娘們打著瞌睡等他們離去。外面的喧囂也已偃息，窗戶上寂寥地映著霓虹燈，這已經是個不夜天了，可他們比不夜還不夜。等他們終於走出飯店，還要回陶普喝一輪茶。走在安靜下來的食街上，提提又要想起打工的生涯——餐館打烊，最末的班車開走了，只得步行回住處，路面在路燈下水洗似的明亮，她的小影子行行地過去，向著未來——現在，就是那時的未來嗎？

他們在陶普喝茶，有喝多的會突然唱起來和哭起來——他們喝茶也能喝醉呢，唱起來和哭起來，互相揪著衣領和摟著脖子。最驚人的是陡地從椅子上跳起來，撲向壁上的畫，操起一把水果刀，向畫布刺去。馬上就要觸到了又軟弱下來，任憑水果刀從手裡落地，「噹」一聲響。人應聲坐到地上，然後躺下來，直直的一條，等人要去拉扯，地上的人卻已響起鼾聲，睡熟了。這時候，連提提也困頓了，她趴在吧枱上，下巴核抵著手背，半闔著眼睛。那些拗口的字詞還在耳邊飛行，人影在牆上打架。她盹著了，只一小會兒，再睜開眼，人都沒有了，燈光靜靜照著空空的畫廊。桌上倒翻的空杯子，咖啡和茶的污漬，菸缸裡的菸蒂菸灰，分明表示這裡曾經有過激烈的活動。

提提伸一個懶腰，頭腦清明。她從吧枱後面走出，將杯盤一個個收起，桌子擦淨，椅子擺正。她又去開了窗，從外牆上黑色鐵架之間望出去，望得見江岸的輪廓線。隱隱地，有一點音樂傳來，不知是眞實還是幻覺。忽然，有什麼從鐵架的相交處撲刺刺飛起，把提提驚一跳，原來是隻棲腳的飛禽，向著燈光處飛去，連禽類都亂了時辰。到下半夜，提提才歇下來。她歇息的地方在儲物間裡面，收拾出五六平方，用花布簾子拉上，放下一張鋼絲床。畫布的漿水味，中國畫的墨臭味，顏料的醋酸，還有一些雜七雜八的氣味，透過簾子充斥了這小空間。提提大大地吸了一口，再小口小口地吐出來，沒有吐完，就沉入了夢鄉。

潘索將提提安置下來，除了必要的吩咐，就不再與她多話。他就好像一時乘興將提提帶回來，然後就忘了。甚至有一次，他對著吧枱裡的提提，還喊了另一個人的名字。多少是令人失望的，但是同時，不消說，也讓人放心。提提原先以爲潘索對她抱著那種興趣，她們做餐飲的女孩子，再怎麼淳樸都懂得男人的這種興趣，而且，小心裡面，也懂得如何利用這種興趣，很多機會是來自於此呢！此外，她們還能有什麼機會？現在，提提隔了吧枱，望了籠罩在香菸的煙霧中的潘索，他的鋥亮的腦門在煙的氤氳裡閃現，想：這是個什麼人呢？

這一天的中午，潘索去畫廊。他平時極少在這個時間出門，這一回的例外是因爲到機場送人。那個電腦操作手終於去了深圳，在那裡，有成千上萬的動畫工作室。送走女朋友，潘索就去了畫廊。出租車停在步行街口上，他下車走路穿過，就是陶普畫廊所在的大樓。一出車門，陽光就灼了他的眼睛。他是個長期生活在夜晚和室內的人，沒料到太陽會有如此的銳度。他漸漸移開遮陽的手，睜開眼睛，景物如此鮮明而且立體，忽然間，有一股欣悅從心中生出。商廈剛開門，步行街上已經有些熙攘，有一輛冰淇淋車停在路邊，還有觀光電瓶車從石子路面駛過，車型是卡通式的，車身上也是卡通的人物圖案，帶著孩童的喜氣。潘索走在街上，身心很輕鬆，覺得什麼都很新鮮，左顧右盼，就被前方一幅圖畫吸引了眼睛。

在步行街的水泥地樁上，立著一個人，擺出誇張的姿勢，引身向上，雙手在背後擰成麻花，形成一座雕塑，而且是現代雕塑。雕塑下面，還有一個人，一個男孩，仰頭看著。停了一會兒，雕塑活動了，跳下水泥樁，越過街面，跳上對面的水泥樁。這一回的雕塑換了造型，是抱膝坐著，全身蹺成一個球。男孩看了一會，也跳上一個水泥樁，趴成一個蛤蟆。「球」滾下來，再換一個基座，站一個大字。「蛤蟆」起身也換一個基座，來了個鯉魚打挺。兩人追逐著向前跑去，跳上跳下，就像兩頭矯健的小獸。潘索不由被他們吸引，尾隨而去，那「現代雕塑」跑過步行街，跑入一叢樓群，男孩追了幾步停住，然後折返身向回跑，正和潘索打了個照面。潘索覺得面熟，那男孩也像是認得潘索，很警覺地繞開走了。潘索忽想起是在「加州牛肉麵」的門廳裡，幾次下樓探身看提提的男孩，這樣，他才發現，「現代雕塑」是提提，她一徑跑去的正是陶普畫廊。

所有關於提提的印象都回來了，原來她是這樣一個活潑潑的女孩子。他還發現提提所扮演的雕塑，全出自畫廊中的畫和圓雕的造型，難怪會這麼引他注意，她模仿得眞有那麼個意思。潘索站在太陽地裡兀自笑了。接著，提提新的印象被攝入了。晚上，人們離去之後，提提揮動手臂驅散繚繞的煙霧，不時跳躍起來，兩腳都離了地面，好像那煙霧是飛翔的鳥類。她的影投在四壁與天花板之間，猶如一個精靈。潘索站在門口看了一時，拉開門走了。走在空寂的過道，電梯行行地上和下，帶走了最後一個人。很奇怪地，他覺得陶普畫廊有一種魅，就像童話裡的娃娃房，等人走淨了，娃娃便活過來，快樂地玩耍，幹下許多淘氣事。第二天再去，看見提提，就覺得她的平靜是佯裝的，是假正經。千眞萬確，她眼瞼下的皮膚泛著青藍，分明是一夜未睡，光顧著搗蛋的痕跡。

潘索又一次地想——這是一個會發生故事的娃娃。

三

提提到陶普畫廊三個月，第一次有大老闆那邊的人過來。事前潘索就關照，第二天要早起，果然，上午十點鐘光景，潘索就帶人到了。來人是女性，約莫三十歲出頭，穿一身義大利CRAIG灰色條紋兩件套裝，妝容清爽。髮式是短髮齊耳，梳平，額前有兩綹染成栗色，用一枚墨綠的小髮卡攔住，與她纖巧的瓜子臉型很相配。潘索因是奇人奇相，有特別的氣場，在她跟前還不至於土俗，那兩個跟著的畫家，一派刻意求新的風格，此時不禁顯出粗陋，而且神情委頓。即便是潘索，態度也有了幾分謹慎，多少是謙恭地，陪老闆的代表看壁上的畫，做著注解。老闆的代表很少說話，只是聽和看，腳步移動時，鞋後跟才發出「篤」一聲輕響。很少有的，畫廊裡生出一種肅穆的氣氛，看了一周，然後圍桌坐下。那女人說話柔聲細語，音量很輕，聽不見他們在說什麼，去添茶的時候，有零星字句進了耳朵，卻也不明白意思。但是，顯而易見，一些嚴肅的事情在悄然進行。

談話進行並不長，中午十二點就結束了。吃飯的時間，老闆的代表卻謝絕了潘索的邀請，堅決地辭去了。從這點看，談話不甚順利，有一些不可通融的意思。潘索們送女人下樓，復又上來，三個人坐在椅上，攤開了手腳。方才的緊張這時鬆弛下來，鬆弛過頭，形骸都散了的樣子。就像是幹了場出力的重活，筋疲力盡，喘息了一陣，那兩個開始罵人。罵了一陣，出了氣，便笑。忽然想起了抽菸，才發現已經禁菸一上午了，於是，再罵。眨眼間，畫廊裡雲遮霧繞。潘索進門就趴在桌上，等兩人安靜下來，就聽見他的鼾聲。他哪有這樣早起的，等於是熬夜。那兩人兀自吩咐提提叫了外賣，正吃著，又來了幾位。潘索還在睡，保持著這個很不舒服的姿勢。有人建議將他放平在桌上，無奈搬不動他，他就像長在椅子上了。又好像他是醒著，故意抵制大家，只得隨他去了。大家一鬆手，他倒動起來，手腳並用爬上桌子，將兩個盤子碰在地上，翻個身，仰天躺著。整個過程中，鼾聲一直沒有間斷。這樣，潘索躺在桌上，龐然一大物，其他人圍桌而坐，好像在吃他。看起來很滑稽，將剛才的嚴肅性緩解了。這一覺，直睡到下午四、五點，窗外炸響一聲，哪一家商廈在搞促銷活動，放了一個熱氣球，正好在陶普窗外爆破。停在金屬架上的麻雀鴿子驚起，猶如一片雲樣掠過。潘索的鼾聲戛然止住，他坐起來，說了句：我不是不賺錢，我只是賺得比較慢。然後，頭垂在膝間，又不動了。不動了一時，他爬下桌子，上廁所一趟，回來之後，沒有上桌，而是鑽到桌子底下，在人們的腿之間躺下，又睡著了。

潘索再一次醒來，人都走淨了，四周十分安靜，窗外照進薄薄的光，染在他身上，他就像浸在水裡。他睜開眼睛，看著上方的黑暗，心裡一片空明。有一些市聲從牆縫和窗縫裡滲進來，更加襯托出陶普裡的靜謐。他漸漸認識到他的環境，是在桌子底下，他甚至辨出在他頂上，桌子背面的一個漩渦狀的木紋，從暗中浮出來。他側過臉去看周圍，卻看見離他很近的一張臉，在薄光裡幾乎是平面的，像一張紙面具，但是有輕微的溫暖的鼻息。五官也從暗中浮現起來，有了立體占位，於是，變得生動了。是提提，她伏在地板上看他，眼神好奇，帶著探究和疑問。他向她齜牙做了個猙獰的獸臉，她笑了，因爲這是一頭和善的大獸。她笑出了牙齒，牙尖上有細細的鋸齒，是一頭小獸。他一伸手攬住她，擁進懷裡。她與他一起躺在桌子底下，腦門抵著他的下巴，他在她腦門上親了一下，除此再沒有進一步的動作。她想：這是個什麼樣的人呢？她嗅著地板的蠟香，還有這個人的體味，辛辣得嗆鼻，很奇怪的，含著一絲沁甜。她試圖也去親他，可他是那麼厚重和結實，而且龐大，她的親吻簡直輕如鴻毛。結果，她是在他下頷啃了一口。

天亮時分，他回家去了，她爬出桌肚上了自己的小床。傍晚光景，他再來的時候，就好像沒有發生過昨晚的事情，態度正常。他與她，並不因此而有一點親密。提提在吧枱裡邊，手肘撐在枱面，托著下巴，看那個坐在桌邊的人，抽著菸斗。菸草的氣味瀰漫開來，她又嗅到了他的體味，辛辣中帶一絲甜。她這才發現，陶普裡四處都是他的體味。當潘索偶一回頭，正看見提提轉頭向著空中嗅著鼻子。他忽然想起了昨晚那一個玩偶之夜，他真的是與這娃娃度過了一個夜晚。這一晚，他留下了，但不是在桌子底下，而是在提提的小床上。他們玩的是正常男女之間的那一套遊戲。這可說是祛魅的一夜，兩人都脫去了神祕性，變成可理解的了。

過去一段日子，潘索才想起，提提和他並不是第一夜。他不禁也有些好奇，這個精靈娃娃，似乎還沒有來得及遊歷人間，她是在哪一個節骨眼上度過她的第一次呢？潘索是個明朗的人，又生活在藝術的世界裡，他對人世間其實耳目蒙塞，他根本無從想像提提那一類人的生活，他們是通過虛擬的形式進入他的認識。對世界寫實性的一面，潘索不求甚解，略微碰壁，思想便轉移開了。就像前面說的，他的思想是在虛無與感官的兩極，中間的現實一段是越過的，所以，一旦脫離開玄思，他立刻進入肉欲。每一次新鮮的經驗都帶給他盎然的情緒，而和提提，在盎然之外，又生出驚喜。這女孩子有一股特別的生氣，幾乎可以和他打平手呢！他不知道，這其實就是粗鄙。在她那個纖巧的小身體裡面，藏著連她都不自知的野心，勃勃然鼓脹著，一旦叫醒，就會衝擊出極大的力度。

在最初的時候，這種積壓之後的爆發沒有讓潘索意識到危險，它激發了潘索的欲望涵量。倒也不是說提提在性愛上有什麼登峰造極的表現，她一個小女孩子，縱然是趕不及地生活，又能有多少經驗？難得的是她那麼渴望的眼睛，抱著學習的熱情。每一次結束後，她眼睛裡都發出徵詢的光芒：我還好嗎？潘索鼓勵地摸摸她的臉，她的臉就在潘索的手掌裡滾動，這動作讓潘索想起加州牛肉麵館門廳裡的那一幕。那時臉上是濕漉漉的眼淚，如今是乾燥與火燙著，他隱約感到有一股熱力在釋放出來，似乎不止是針對潘索，而是面向更廣，更遠，因而有些渺茫。他覺出「我還好嗎？」這個徵詢裡的客觀態度，除去關心潘索滿意的程度外，還是想了解她成績如何，有沒有進步，能打多少分。這讓潘索覺著有趣，除祛的魅又回來了，罩蔽了事情的常態。事實上，在這魅裡面，有著一雙冷靜的眼睛。

事情又落回到提提認識的窠臼裡了，這讓提提有了信心。多少有一些小孩子充大人的，她想：男人嘛，就是這麼回事。就像她和一同打工的小姊妹，還有學校同寢的女生們，聊起男生時說的話。但這一回，畢竟有所不同，潘索是這麼一種奇異的人，雖然她以為只是外部形式不同，可她真有些迷惑了。她的世故是天真的，另有一種純情，嚮往超凡脫俗的人和事。潘索為她拓開一個新天地。她的心就像小獸一般鼓動著，意識到要有什麼事情改變了，而她必須為這改變做好準備。這是提提的智能與活力超出平均線的地方，她一方面相信命運，另一方面相信事在人為。這些交織的性質對潘索來說，顯得複雜了，他又不屑於去多做了解，他用一個「魅」字就權當了解釋。潘索對女性其實是概念化的，他認為她們是神祕的，一旦破除了神祕，他便拋下了，再去破下一個神祕。而提提神祕的殼，剝了一層又有一層，所以，他便滯留了下來。

他揉著提提的小腦袋，揉出許多細碎的絨毛，扎著他的大手掌，就像一種帶刺的植物。小腦袋從手掌裡昂起來，說出一句話：藝術就是弄虛作假！潘索移開手，看著她的臉，她臉上有一種譏誚的表情。她一挺身，站在床上，小床都沒有動一下，潘索想：她眞是輕啊！她說：人本來是這樣的——她直著身子，兩手貼了腿，赤裸的皮膚底下幾乎見出淡藍的筋脈，晶瑩剔透，潘索伸手摸了摸，這身子暖暖的。她推開潘索的手，將腿絞在一起，手臂也在胸前絞成一股麻花：藝術非要把人變成這樣！人不人，鬼不鬼。潘索笑起來。「麻花」陡然間解開，又躺平在他身邊：四不像，就是藝術！潘索笑得更厲害，提提越發得意，繼續發揮：眞的人很不值錢，你到人力市場上去看，推過來，擁過去的，都是眞人，誰也不要，吐口要一個人，幾百張表格飛過去；一旦把人做成假的，紙上畫的，木頭刻的，石頭雕的，爛泥巴捏的，價錢就上去了！潘索止了笑，她的胡攪蠻纏裡藏著幾分算得上眞知灼見的東西呢！提提又捏了他的大鼻子說：你就是一個大藝術！潘索喜歡她這個評語，一衝動，他就告訴提提一個祕密。什麼祕密？關於陶普的老闆。你知道陶普的老闆是什麼人？溫州人，靠賣鞋起家，如今資產以億計！

由於潘索的鼓勵，提提很長了膽子，眞以爲得了要領，竟然有時候也參加進他們的討論，一本正經地說著什麼色彩啊，筆觸啊，意蘊啊。遠開八千里的，連邊都沾不上。可現代藝術不是講顚覆的嗎？不是離經叛道的嗎？沾不上邊也不要緊。再說，她又有潘索的背景，就有了話語權。誰都知道她和潘索的關係，甚至在他們開始之前，人們就已經知道，現在，又知道了他們的結局。這個週期在旁人了然於心，只是潘索自己，每一次都像是第一次。就這樣，提提要和他們談藝術，有什麼辦法？聽著吧！潘索不會制止她，非但不制止，還很欣賞——女人是這麼一種不自覺的動物，盲目地說和做，由著原始的動力，沒有目的地漫遊，你完全不能預測她向什麼地方去。有一回，提提對一個畫家帶來的新作品鄭重其事地說出三個字：太像了！潘索不由吃了一驚，她無意中說出了藝術的眞諦，你能說沒有到達彼岸嗎？這個提提，有著什麼樣的本能啊！

潘索的情緒又逐漸高昂起來，和老闆之間，嚴格說是和老闆的代表之間的芥蒂度過去了。其實老闆未必眞的對潘索有什麼不滿，開辦畫廊本來就是一種預期性的投資，向潘索施加壓力是提醒他的受雇傭地位。接著，潘索就策畫了那一幕「最後的晚餐」。

子貢是從一個德國人嘴裡知道陶普畫廊的，然後再介紹給另一些外國人。外國人來中國旅遊，自有「旅遊指南」之外的一套路線，是由著各人單獨的經驗彙總而成。許多去處都是從外國人嘴裡得來，比如，一家名叫「可可樹」的酒吧，不是在酒吧密集的著名的街道上，而是位於弄堂內，外面看起來和左右民居無甚兩樣，推進門去，卻見暗中有無數燭光，燭光中多是金髮碧眼的異族人，其中有帶子貢來的，也有子貢帶來的。那中世紀城堡樣的夜總會也是得知於外國人，再告知給外國人。這些奇情異致的空間嵌在城市的隱蔽處，鑰匙捏在外國人的手裡。同時，應運而生子貢這樣的人。他們專事打通這些隱祕的如同密室的空間，穿針引線，他們是祕密通道。這些通道是城市主動脈之外的毛細血管，以曲折間接的路徑輸送血液。經常會有破裂和栓塞發生，可是不要緊，主動脈承擔著主要功能，所以，它們不定什麼時候又會自動修復，暢通。就這樣，處在自生自滅之中，是城市的生態之一種。

潘索對子貢的印象首先是，開臉開得很好——從髮際經耳鬢，至腮和頷，無比的端正，秀麗，就像吸取了犍陀羅藝術的中國石佛，融會貫通東西方的美學要件，集爲一體；其次的印象爲，材質優良，他肌膚瑩潤，散發著貝類的光澤，令人目眩，是造人藝術的極品。絕色之下，其實隱匿著某些反常的因素，但這是現實領域裡的內容，處於潘索越過的地帶，潘索只覺著這張臉賞心悅目。舉辦展覽時，有時會吩咐一聲：給那開臉開得很好的人寄一張請柬！於是，子貢便來了。子貢對潘索有著崇拜之心，他感受到潘索身上照射過來的亮光，這是一個眞正的明朗的人。像子貢這樣，生活在陰濕地裡的人，對光明最爲敏感。他自己都不覺察地，具有著相當銳利的辨識能力，辨識那類與他截然不同的人，潘索就是其中一個。受到潘索的邀請，子貢總是很高興，高興中夾著一點酸楚，許多不期然的委屈忽然間泛上心來。他對潘索有著依戀般的感情，這感情讓他生怯，他不能走近去，而是遠遠地站在角落裡，和他領來的外國人說笑。潘索鋥亮的大腦門上的光，總是在他的餘光裡。

有時候，他的外國朋友希望與潘索交談，請他做翻譯。他聽見自己的說話聲，好像在聽另一個人說話，聲音打著顫。他的外國朋友問潘索對當代國際潮流了解不了解，那都是些拗口的字眼，他完全可能翻錯了。潘索直接說不知道，然後也列舉出一系列人名，問他們知不知道。這些漢語化的拉丁字，在他的轉述中，變成了另外一些名字，外國人也說不知道。他們談著彼此不知道的人和事，好像要向對方證明自己的合法性。外國人占著地理和歷史的優勢，可潘索氣勢卻更逼人，子貢刻意弱化了他言辭的激烈，可是他那鋥亮的腦門，就像公牛的犄角，一衝，一衝，直向對方的胸膛衝去。最後，外國人訕訕笑著走開去，子貢向潘索抱歉道：我的藝術素養不好，理解力也有問題，可能會造成誤會。潘索說：沒你的事，外國人忒老卵！說罷，按住子貢的肩膀，將他向外國人的方向一推，子貢感覺到他手的有力。

還有的時候，沒有外國人的驅策，是他自己，鼓起勇氣，與潘索攀談。他請教潘索某幅畫的涵義，他的問題顯然很初級，因他已經看見潘索臉上寬容的微笑——在子貢的社會裡，男人們的微笑通常是應酬的，相當程式化，而他，這微笑就像一道光，照亮了周圍，子貢幾乎要瑟縮了。潘索說：要回答你的問題，需要從美術史講起。子貢不禁感到無限的抱歉，耽誤了潘索寶貴的時間，有那麼多人需要他，和他洽談生意，討論藝術，喝酒和胡扯——即便是胡扯，都比回答他子貢的問題有價值。由於不安，他一個字也聽不進潘索的解釋，只看見他生氣勃勃的臉，子貢覺得自己在委頓下去，就像一支馬上要燃盡的蠟燭，轉眼間變成一攤油，沒有形狀。潘索為了更好地回答子貢的問題，就將他所發問的那幅畫的作者喚來，讓他們直接交流。子貢敏感到，潘索在打發他，心中就升起一股憤怒。而幾乎是所有的藝術家，都有著一副骯髒的外表，簡直是委瑣的，把子貢當成畫商了，於是急煎煎地向他說著自己的人和自己的畫，全不像潘索那麼豁朗大方，將全世界藝術家當成一家的胸襟。子貢很快倒了胃口，也採用和潘索同樣的手法，把他轉讓給另一個人，那人恰巧從身邊走過。畫廊的酒會上，四處都是端了酒杯，無所事事，走來走去的人，一旦有人搭訕，就像覓了一個寶。

子貢被潘索打發過一次，就再也不主動上前，他變得格外驕傲。有一段時間，他不再去陶普畫廊，潘索呢，也好像忘了他，沒有向他發送活動請柬。在這受冷落的日子裡，子貢漸漸軟弱下來，本來就是負氣，對方又是渾然不覺，苦了自己而已。所以，有一天，不期然間收到陶普的請柬，子貢還是去了。這一回去，他打扮得分外亮麗：一件駁殼領、瘦身腰、黑平絨的西裝，雙排銀扣；裡面白緞襯衫，胸前是一層層的蕾絲，翻捲出來，好像一叢盛開的百合花。橄欖油保養過的手是象牙的白和細膩，送到潘索的手心裡。潘索說：眞是驚豔啊！他抽出手翩然走開，感覺到身後的潘索讚賞的目光。他已經知道，潘索是雙魚星座，雙魚座的男人，感情的邊界是模糊的，他們都是唯美主義者。只是，子貢的美在了潘索跟前，便迅速地崩潰腐朽，這是個陽氣旺盛的男人，而子貢是陰濕裡的一朵花。

但是，很奇怪地，子貢並不對潘索的女孩子生妒，他在旁邊看得很清楚，這些女孩子都是過眼雲煙，而潘索天長地久。這麼點瑣細的魚水之歡，於潘索，連面上的觸及都談不上。他的體量太大了，密度也太大了，簡直天下無敵手。然而，那一晚，就是「最後的晚餐」那一晚，他看見鑽進潘索斗篷裡的提提，滿臉得色，心下卻不由有氣，一半是氣提提太自不量力，另一半，多少也是有醋意——理論上是「過眼雲煙」，事實上，潘索與女孩子們親暱的具體的景象，還是有刺激的。他受不了潘索看她們，尤其看提提的眼光，他也覺察到潘索對提提的心情不同於往常，可是，這有什麼兩樣呢？根本的性質並沒有改變。提提，卯足了勁，小臉都綳青了，也還是搆不上潘索的一個小手指頭。當然，潘索自己並不清楚，他正是將自己縮成小手指頭的那個節上，一旦過了那個節，他又膨脹開來，成了個龐然大物。提提，一個小蜥蜴，那小尾巴上的吸盤，再也吸不住，只有墜落。可是，哪怕潘索對子貢有對提提的一半的愛意——他只對子貢讚賞，就像讚賞畫廊壁上，或者底座上的一件藝術品，巧奪天工，而那些小女孩子，則是自然天成。所以，也是難免，子貢對這些小女孩子都不怎麼樣，挺挑剔的，經過一番挑剔之後，就不再放在眼裡。對提提，挑剔得就更嚴格了。

此時，提提沉浸在潘索的懷抱裡，對什麼都視而不見。子貢，一個美豔的男人，當然，要是美豔的女人又另當別論，一個男人如此之奪目，多少有些浪費，簡直暴殄天物。她鑽回自己的斗篷，端著點心托盤在來賓中穿行，停在子貢跟前，看他的手在托盤上挑揀，她感到自己的手和臉都變得萎黃了。可她還是高興自己是自己，多麼美妙啊！她有著這樣的奇遇，就是遇到潘索。

然而，她又懂得潘索多少呢？別看她與潘索朝夕相處，可她並不比子貢多懂一點。子貢看見她在與人談論藝術，覺得很好笑，他承認他也不懂藝術，可他至少懂得緘默，潘索他，就在他的緘默裡。《聖經》「箴言」篇，第二節「給年輕人的忠告」，第一句就是「敬畏耶和華是知識的開端」。他是有畏的，所以才有希望有知，而她，無知者無畏。提提經常拿潘索的話來打趣子貢，稱他「開臉開得好」。子貢高興聽到潘索的讚美，只是經過提提的嘴，就受了一層玷辱，變得猥褻，這加深了他對提提的嫌惡。有一次，他找洗手間，推錯了門，推開了那一間儲物室，裡面是提提的床。床單斜拖到地上，上面扔了幾件衣物，有一股氣味撲鼻而來，肉欲的氣味。他退出來，心跳著，回到人群裡，提提那張青白的小臉，釘子一樣，尖利地鑿進他的眼睛。

下一次，提提再來調侃他，他帶著陰沉的微笑，問：什麼是開臉啊？提提一時答不上來，就有些僵，僵了一會，轉身走了。提提並不十分了解子貢的心情，但自從受潘索專寵，她領受了好意，也領受了敵意，曉得多少人氣她不過。提提缺乏細膩的感情，但卻有足夠的世故，懂得世態炎涼，所以吃子貢嗆不在她意外，也就不怎麼生氣，還覺得好玩，決定將「開臉」的遊戲玩下去。

正是開春吃蠶豆的季節，她剝了粒大蠶豆，在豆粒的嫩皮上切幾刀，蠶豆粒就變成一張戴帽子的側臉。這是她們小時候的把戲，因這頂帽子頗似鋼盔，就稱這豆子爲「美國兵」。提提將蠶豆摁在子貢的手心裡，說：送你一個美國兵！「美國兵」的叫法刺痛了子貢，含著一種影射似的，怒意又從子貢心底升起，他強捺著，不把「美國兵」扔回給提提，問道：什麼意思？提提答說：這就是「開臉」。子貢這才發現這顆蠶豆的妙處，提提的回答也很機智，不由笑了。子貢到底是個有幽默感的人，對提提的芥蒂也就釋然一半，他看出這確是個有趣的女孩。最重要的是，他已經覺察出提提的失意了。

不能不承認子貢有先知先覺，其時，潘索和提提還在熱頭上呢！然而，卻有一件極小的事情，微妙地觸動兩人的關係。那一日，潘索與提提一同去一個官方畫展的開幕式，時間還早，就在附近隨便走走。開幕式的場館坐落在新開發區，寬闊平坦的馬路兩邊多是高層的寫字樓，空曠而清寂，兩人在廣場樣的馬路上漫無目標地走了一陣，無意間一轉，轉進一個商場。這商場是一座家具城，因地處新區，少有人光顧，數層高的穹頂之下，只聽電動滾梯隆隆地運行。兩人一層一層上去，每一層有無數商鋪，圍樓梯口排列一周，鋪面敞開，陳列各款各色家具，有布置成客廳，有布置成內室，做成是人家，被抽去了一面牆。但因家具是簇新，格式又統一，沒有過日子的氣氛，就更像是舞台布景。走上第三還是第四層，迎面就是一間敞開的臥室，提提躍出滾梯，直奔過去，將自己拋在中間那一架大床上。大床鋪得極其厚軟，整個人都陷在深紅與墨綠再加薑黃的各種織物的鋪蓋中。她臉朝下地趴了一會兒，又一躍而坐起，回頭向潘索一笑。

潘索有片刻的怔忡，這一款紅木家具鏤雕十分複雜，通體是螺鈿與銅飾，一具大櫥面大床而立，側臥一具五斗櫥，相對一具梳妝枱，空隙處是各種几案，坐凳，還有床前的踏腳。滿堂油色，一團紅光。是一戶新富的鄉下人家，洋溢著淺薄和天眞的喜氣，提提就是這家的新嫁娘。潘索怔忡著，提提已經起身，兩人再又順時針方向繞一周，眼看著開幕式也差不多到時間。這一幕很快被他們拋在腦後，但其中卻極富隱喻，隱喻著一個結果，那就是，潘索和提提之間，無論是怎麼開頭，又怎麼走過中途，最終還是落入男女關係的窠臼。而子貢卻不會，因爲開頭就不是，所以最終也不會蹈入尋常的結局。這本來是使他孤寂的，這時則給他不期然的安慰。他想：只有他子貢才能知道潘索要什麼，並且給潘索他所要的，那就是一個「無」字！「子貢」這名字來自孔子的門徒，卻崇尚老莊。無論儒道，他其實都是向外國人學的，他不是在德國留學嗎？德國，這個盛產哲學的國度，遇見中國人，一是想到中國菜，二是孔孟與老莊。入鄉隨俗，他就得學一點。

好！他耐下心來，等待潘索與提提的愛情壽終正寢。有一天，眞的，潘索來找他了，他血都涼了，不由空攥著兩個拳頭，抑制心跳。可是，很快，他又鎮定下來，心跳恢復正常，血液勻速循環。他沒有料到，可是事情不是這樣又能是怎樣？潘索來找他，是爲了把提提託付給他，子貢。潘索懇切地說，換了別人，他會捨不得，然而——因爲是你呀！子貢眼睛一潮，隨即又乾了，是的，唯其是他，潘索不會生妒。潘索接著說：提提不如你美豔——說到這個詞，潘索看他一眼。這一眼，流露出——怎麼說呢？要放在別人身上就算得上淫邪，可潘索是如此坦蕩蕩的一大塊，「淫邪」這個詞就顯得卑瑣了，他是公然的好色。你是美豔，他說，提提不美，但很有趣；她的有趣，足夠彌補姿色上的缺憾；而且，她還小，再長個十年八年，說不定長成什麼樣，是另一種尤物；你們是一對，你要好好栽培她！這一段話都是淫邪的，可在潘索，就全改了樣。他實在是現實之外的一種人，寄生在現實，不得不借用現實裡的材料和方式，因此，所有寫實的字詞於他都對，又都不對。子貢在極度的失望中，依然能注意到這些。他無比地惋惜，卻又十分清醒地意識到，這就是潘索，他只能是這樣，什麼樣？筆筆中鋒，而他子貢，則是偏鋒。

潘索說：你不要以爲我對你說這些話是輕鬆的，我對提提還是有愛，但我給不了她要的，而她有權利得到她要的。她要什麼？子貢問。她要什麼？潘索怔一下，然後說：她要生活，而我恰恰給不了她這個，你知道，有一次她是怎麼說我的？潘索興奮起來，額頭又變得鋥亮。她說，你是個大藝術！說「藝術」是好聽的，其實我是個大虛空。子貢差一點就要說出口：我也是！可是讓潘索滔滔不絕的演說堵住了——我過的是一種虛擬的生活，你可以說我懦怯，懼怕眞實性，我承認，我是個膽小鬼，縮貨！單是膽怯倒還問題不大，問題在於同時我又有大胃口，我貪婪，食欲旺盛，眞實性還不夠填我牙縫，我需要有豐沛的量，那只有靠虛擬了；虛擬的假設的生活，有著繁殖力，雞生蛋，蛋生雞，甚至都不是雞和蛋這種代際繁殖，而是數學式的，平方，立方，這才對付得了我的食量，我就是這樣被餵養著，然後我發現我已經變成了一個虛擬人；你知道莊周夢蝶的故事？莊周最終不知道自己是莊周還是蝶，夢是眞，還是眞是眞；我母親，一個一生相夫教子的女人，在晚年曾做過一個夢，夢見一個老太婆，素不相識，走到跟前，與她說，我也是在夢裡——所以，你說，誰能確定，我們現在，是不是在虛擬中？

子貢終於插進嘴了：那麼你就把提提也當作虛擬，她所要的生活就是虛擬的一種，不就結了？潘索笑了，在子貢的肩上拍了一下，子貢又一次感覺他手的有力：你在向我挑戰！夥計，我告訴你，虛擬與眞實有著明確的界限，混淆不得，這是兩種截然不同的命運，提提她，是鐵打的眞實，你別想混水摸魚！她這個眞實，比你我在這裡說話這個事實，還要確定無疑，簡直，直接就是「實有」的「實」；我擔不起她的人生，我是個紙糊的人，不經壓的，不過，怎麼說呢？這孩子吸引我也就在這一點，那一塘渾水，裡面有料呢！她其實過著一種十分生動的人生，我的人生不及她的生動，我的生動性是摹仿她們的而來，這就是虛擬的問題，它不自產，它是攫人家的果實做種，然後繁殖；並且，這孩子還有一種不兼容的天性，不像大多數的女孩子，她們很快地變成虛擬的，不是變成，而是摹仿；你想，虛擬本來就是摹仿，她們摹仿摹仿，在兩重摹仿底下，還是那個眞實，卻已經不新鮮了；提提，從來不打算摹仿，從來是第一手的，我眞有些捨不得她，可是沒辦法，我與她，是水和油，不能交融；是我把她帶到這裡來，我不後悔，我要把她安排好。潘索神情頹然下來，一旦遇到現實問題，他總是不由自主地頹然下來。

靜了一時，子貢問：爲什麼是我？

你不會拒絕我。潘索回答。

原來他都知道。子貢看了一眼潘索，他看見了一個苦惱的男人，低著頭，往菸斗裡塡菸絲。他們坐在街邊的酒吧，身前身後是行人和車輛，熙攘卻與他們無干係。

我有什麼辦法呢？子貢說。

愛她。潘索簡潔地回答。

爲什麼是我？子貢再一遍問，但問的是另一層意思，就是，爲什麼是要我愛她？

她會愛你。潘索回答。

子貢覺著了荒唐，他譏誚道：這是行爲藝術嗎？

潘索說：藝術有著極大的濡染力，它完全可能實現爲生活，這就是我們身處的時代。

子貢一直期望能和潘索這樣近距離地接觸，現在，這願望終於實現了，不料竟然是那樣的內容。

四

事實上，潘索有了新女友，一個時尚業的造型師。提提已有覺察，可是有什麼辦法呢？一條魚活生生地從手掌裡游脫，無論多麼使力氣，也握不住了。這是男女關係的另一個窠臼，只是潘索會有新的詮釋。詮釋使得事物脫出窠臼，具有了獨創性。只是詮釋騙不了提提，她才不信這些鬼話呢！但是她承認現實，她相信，千條江河歸大海，無論與潘索的故事如何傳奇，終究是一個成或者不成。這樣說來，提提對潘索和她的關係，也有著自己的詮釋，潘索最終也沒有走出提提的詮釋。

潘索帶著新女友去深圳，藉口看那邊的畫廊，躲避開目下尷尬的局面。子貢領了任務來到陶普，令他意外地，提提的情緒並不很激動，甚至，稱得上平靜。她在吧枱的電插頭上插了一個電煲鍋，煲著一鍋粥。粥的米香，一下子將子貢帶到漢堡火車站，那一個中國旅店的早餐間，那灰暗的，雜沓的，滿目都是旅人倉卒的身影，隱匿著犯罪的，卻奇怪地生出安全感的火車站，子貢離開它有多麼久了？可他知道，它還在，絲毫不會有改變。這城市，怎麼說來著，從二次大戰到如今，就沒有變過。而中國，真是日新月異啊！這就是發展中國家。他甚至嗅得見那股子氣味：香水，菸草，芝士，外國人的濃重體味；還有聲音，不是明確的什麼是什麼，而是混沌成一片，就像地聲一樣自下向上湧起。子貢油然生出一種類似同情的心情。

白晝的陶普，魔力盡失，和普通的房間無異，只是比普通的房間更寂寥。所有的物件，因是抽象的風格，就都顯得突兀，毫無來由。只有那鍋粥，有點由頭，因是和人的生活有關。粥顯然是從前晚開始煲的，乳白色的米油從鍋邊溢出，淌下來一些，就像燭蠟。提提披了頭髮給子貢開了門，並不理會他，返身回進儲物室，也是她的居室，復又出來，進了洗手間。在洗手間和儲物室往返著，就有一股凜冽的清新氣息散發開來，是牙膏的薄荷味，香皂的薰衣草味，還有洗漱過的爽潔的體味。她換了一件無袖的直筒筒的棉布裙，頭髮挽起來，在腦後打了個結，臉色不像方才那麼黃了。她走進吧枱，拔了電飯煲的插頭，盛出一碗粥，再從一個腐乳瓶裡搛出兩塊豆腐乳，坐下來吃粥。

粥很燙，她吃得很慢，也很仔細。子貢看她的筷子尖將碗沿凝成膜的粥趕在一堆，撮起來送進嘴，下一層粥又在碗沿凝成膜。她每送進嘴三筷子粥，就翹起一根筷子在豆腐乳上啄一下，嘬進嘴。這樣一層一層地吃完了一碗粥。粥是盛在一個大陶碗裡，這碗更像是一件工藝品，做成樸拙的彩陶時期的樣式，卻很鮮亮，寶藍的晶瑩的釉色，於是有了現代感。這一碗幾有大半鍋的容量，等提提將一碗粥吃下去，子貢就知道，她沒事了。

潘索離開的日子，子貢還來過幾次。沒有潘索，畫廊顯得很空寂。展覽和聚會沒有了，畫家和畫商也不上門，連偶爾撞進門的顧客都不再有，看上去，它已經歇業很久似的。子貢和提提隔了吧枱坐著，提提給子貢斟一點酒喝，自己抽一支菸。她抽菸，與其說因爲苦悶，不如說是製造一種風格。她手肘擱在吧枱上，側過臉，挺直脖子，搆著手指間的菸，吸一口——多少誇張地，嘴唇尖起，臉頰收進去，再拉長下來。是程式化的頹廢，有些像演劇。她吸一口菸，吐在半空中，斜眼看了子貢，說：男人嘛，就是這麼回事！看起來，她挺喜歡這個角色，陶醉的心理撫慰了失去潘索的痛楚，而且，一定程度上，激發了新一輪的激情。所以，在這頹廢的表象之下，其實是昂揚的心情。

子貢看著這造作的小女人，心想，女人到底是一種什麼動物，是以什麼樣的特質吸引了潘索？這簡直是像陷阱一樣，多麼陰險啊！這小東西，手腕細得就像一支鉛筆，胸腔扁平，隔了緊身羊毛衫，幾乎可見雞肋般的肋骨，那眉眼是用最小號的中國畫筆描出來的，描在透光的宣紙上，所謂吹彈得破。在子貢看來，只覺得羸弱和稀薄。可潘索偏偏吃這個！他都不知道自己的價值。

子貢曾經在漢堡的賭場裡看過一場美國歌舞團的表演，那些美國女人壯碩的裸體並沒有博得子貢的好感，他覺得她們不過是體魄大一些的動物，騾子馬一類的牲口，倒是其間插演的一個魔術節目，使他激動了一陣子。那所謂的魔術師，一個雜耍藝人，奔走在江湖，臨時加盟到這個表演團，與整場表演的華麗氣質很不相符。他最拿手的技藝是射箭，閉眼可將箭頭射中靶心，那只不過是熱身，正式的表演是反射。就是設一個機關，箭頭彈開機關，放出第二支箭，直射靶心。這已經出奇制勝了，而魔術師並不收手，要來個二次反射。設兩個機關，反射兩次，第三支箭擊中目標。魔術師在台上，專心擺動他那些自製的裝備，就像一個給野獸下套的獵人，激烈的電子音樂一刻不歇地響著，他卻充耳不聞。終於擺定了，返身面向觀眾，音樂止住了。他向觀眾發出邀請，有哪一位自願者上台擔任箭靶，頭頂一個蘋果，就是箭心。他再三再四地邀，眼睛在四下裡搜尋，人們謹慎地微笑，躲避著他的目光。不是不信任他的箭術，他肯定天下無雙，可是，俗話說得好，人有失手，馬有失蹄，誰也不能拿腦袋開玩笑。魔術師點了第一排左側桌上的先生，受到了婉拒；魔術師又點了第一排右側桌上的先生，也婉拒了。子貢坐在第一排正中的桌上，他渾身起著戰慄，等待魔術師點他，心裡激烈地鬥爭，去還是不去，玩命還是不玩命。可是魔術師放棄了觀眾，他帶著一副對人世失望的表情轉過身去，將這個大蘋果擱在架子上，然後發射——箭射中機關，機關出擊第二支箭，射中第二個機關，出擊第三支箭，轉眼間扎在了蘋果正中。掌聲雷動，音樂聲大起，魔術師從架上拿起蘋果，拔下箭頭，咬了一大口，隨手向台底下一拋。這一回，千眞萬確，拋向了子貢，子貢伸手一接，接住了。在表演餘下的時間裡，這只蘋果一直放在子貢的手邊，他小心地不去觸碰它，也不看它，可它散發出濃郁的蘋果的氣味，還有魔術師口涎的氣味。他極想吃它，可是有一種羞怯阻擋著他，最終，他還是把蘋果留在了桌上，沒有帶走。他對潘索的心情，就類似這樣。

你很美——他聽見提提的聲音。一驚，回過頭去。提提的眼睛越過他看著遠處：你是個美人，她說，簡直像個假人。你這話是什麼意思？他問。就是這個意思，不像眞的，像假的。我還是不懂。提提一笑：不懂就不懂！轉而問道：你有女朋友嗎？他著惱了：有怎麼樣，沒有怎麼樣？提提斜下眼睛，瞄著他：我看沒有。爲什麼？因爲你就是個女人，大美女！這回他眞的惱了，不再理她。提提將菸掐滅，做出一個嫌惡的表情：他可眞醜！誰？子貢問。還有誰？她的五官扭曲了，顯得立體和生動起來：醜死了，一個大醜男！她低下頭，將臉埋在手臂之間，手臂在枱面上伸直了。這動作很戲劇化，在這誇張的肢體之下，掩飾著眞實的痛楚。提提側過臉，臉頰貼在吧枱的枱面：他就是個男人，你知道，什麼是男人嗎？她並不要子貢回答，自己一徑向下說：男人就是小孩子，很小很小的小孩子，自以爲很聰明，聰明過所有人，他那些把戲，逃得過誰的眼睛？他那些把戲呢，不是爲別的，就是爲貪嘴，多吃多占，因爲他有個大肚子，當然就要占人家的份額了；占了人家份額，他也不好意思，要編造理由，說這本來就是他的，或者說誰先看見是誰的，再蠻橫些，就動手了，動了手，還要強辯，你說是你的，你喊它，它應你不應？所以，男人還是強盜，大強盜！大強盜是不需要講道理的，也不是不講道理，而是大強盜的理只有他自己認，別人都不認，可他有力氣，你認不認他就這樣了，你看著辦吧！這就叫明火執仗。提提不時將臉頰抬起，移一點地方，再貼下，讓吧枱的大理石面冰著她的臉頰，臉頰迅速將枱面捂熱。她在發燒，眼睛灼亮著。

你對他就沒辦法，你說有什麼辦法？他是個小孩子，你就是他媽；他是個大強盜，你就是搶來的奴隸，你總是強不過他；千萬別以爲女人是弱者，我他媽的最痛恨這句話，女人是弱者；女人所以對他沒辦法完全不因爲是弱者，你知道是什麼？是因爲女人有感情，感情又是什麼呢？提提陷入了沉思，有一陣子，子貢以爲提提睡過去了，湊過臉看她。她睜開眼睛朝他一笑，子貢不由悚然，趕緊退回去。感情是個累贅。提提回答了自己的問題，我們應該卸下累贅，輕裝上陣；所以，同時，女人又是理智的，很懂得人生的意義，你呀！她向子貢翹起一個指頭：你是個假面女人。

子貢想生氣，結果卻笑了起來，他覺得很滑稽，坐在這裡，聽一個小女孩子胡說八道，還盡是侮辱。他爲什麼不走呢？因爲是潘索要他來的，他不能違抗潘索。但也不全是，小東西的胡說八道有一點聽頭呢！吧枱裡的射燈從她身後照過來，她趴在枱面上的身體，拉得很長，像一種軟體動物，子貢心裡有些起膩，他移開了眼睛。

其實啊，她從兩條手臂間抬起臉，下巴抵在枱面上，頭髮披散著，像一種人面獸，她說：其實女人是眞正的強者，她們才不用說理呢！道理藏在她們的骨頭裡面；要和女人講道理，那是白搭；你聽聽他那些道理，騙小孩子，騙比他還小孩子的小孩子吧！他自己都未必相信；他以爲他是誰？不就是個臭男人——她向空中嗅嗅鼻子——臭死了！我只要嗅嗅鼻子，就知道是哪一路男人；子貢，你沒有氣味，你是一朵無色無嗅的花，不像他，他的氣味可稠了！我原先打工的餐館裡，我們小女孩子專用氣味來說男人，一個字，「膻」，膻死了！越勁大越膻。說著她咯咯地笑起來：尾巴越大越膻！她笑得更厲害了：潘索就是一頭大尾巴羊！子貢不禁有些吃驚，吃驚這小女孩子的下流，這下流讓他有一種滿足，尤其是那一句「潘索是一頭大尾巴羊」，他跟著笑起來。

下一次，就是子貢講，提提聽。提提很摩登地仰著頭，將香菸一口一口吐到半空中，射燈的冷光中，煙一蓬蓬地盛開，透明的花瓣舒捲，伸展，攤平，遊動，有時候掠過子貢的臉，他的臉一陣模糊，猶如鏡中月，水中花，然後洞穿出來，清晰極了。提提有意朝子貢臉上吐去，態度輕慢，子貢被自己的說話吸引了，並不在意。他說：潘索這個人，不是在男和女的關係中，而是在有和無中。

男和女的概念對於他太過狹隘了，容納不下他，他是那種體量特別大的存在，無所謂男女，男女這點差異早被他消解了，他處在更爲巨大的差異裡，就是那「在」和「不在」，「是」和「不是」，TO BE OR NOT TO BE。他勿管提提懂還是不懂，兀自往下說，提提呢，就用越來越密集的煙霧來回答他。煙霧就像絲一樣將他纏成了一個蛹，他的聲音也被裹在了蛹裡，微弱地傳出來。

有趣的是，子貢說，他那麼一個結結實實的存在，體現出來的卻是虛無的精神，這精神有著極大的濡染力，可將周遭的事物全都虛化，從有到無；有沒有看過大變活人的魔術——他怎麼又想到了魔術，就像是宿命一樣的鬼東西——大變活人，一個大活人，裝進匣子裡，沒了，然後又有了；不要告訴我物質不滅的道理，所謂唯物主義就是機械論，而諷刺的是，前提恰恰是假設的，假設有一隻推動地球的手，於是，事情才能開始；事情開始得那麼草率，接下去卻要亦步亦趨，環環相扣，眞是個大滑稽！再回到「大變活人」，那大活人裝進匣子，魔術師推著匣子，這才是推動地球的手呢！大活人一忽兒有了，一忽兒沒了；你知道怎麼回事？曾經有了魔術師——這是第三個魔術師，他遭遇過多少魔術師啊！——魔術師對我說過這麼一番話，他說，魔術師其實很簡單，就是讓你看見要你看見的，不讓你看見不要你看見的，你看見的，就是有，你不看見的，就是無！這就是世界觀，有和無決定你怎麼看世界；所以，潘索從根本上說，不是一個男人，甚至不是一個人，而是，世界觀！

子貢說得那麼多，其實是喝了提提勾兌的酒。她將幾種威士忌攙在一起，又添了點伏特加，加上冰塊，還在杯沿插了一顆糖漬櫻桃，送到子貢跟前。子貢頭痛欲裂，話卻湧到嘴邊，一張嘴就吐出來，就像繞口令說的，「吃葡萄不吐葡萄皮，不吃葡萄倒吐葡萄皮」——虛無的世界觀不是從開始著眼，而是從結束著眼，就像一棵樹，你怎麼看得到它的根？唯物主義的眼睛只能看到樹身，而虛無的眼睛是悠遠的，他看到的是梢，潘索看的，就是這一點；梢上是什麼，就是終了，消失在空虛茫然中；你聽我說話，每一句，每一字，一旦出口，便無影無蹤；時間，每一分鐘延續，都是流逝；空間，你以爲很肯定，那是你看不見，潘索就能看見，那牆壁裡，屋頂下，地基的內部，都在土崩瓦解；這就是潘索的思想，你了解嗎？你只了解他的皮囊，一個臭皮囊！

提提又給子貢斟上一杯酒，是用完全不同的幾種酒攙和的，她認眞地切了一片檸檬，插在杯沿。在陶普畫廊，所有一切都是形式主義。這兩個人，就在一個大形式裡說話。

你以爲潘索就是你看見的那樣？你看見的潘索是你要的那一個，眞實的潘索完全可能在你視野之外另一個地方，另一個形態，一個超出你掌握的形態；

你看到的是實有，他卻是一個空洞，大空洞，因爲他是逆行的，他從終了出發，往我們這裡來，與我們邂逅，他來自的地方究竟是什麼樣的？這是天機，天機不可洩漏，連他都不自覺，他只是覺得空虛；他生而帶來一些極其空虛的問題：生活的意義是什麼？人爲什麼要生？人生的目的是什麼？合起來就是個大空洞，他在裡面東碰西撞，抓撓著，想抓撓住什麼救自己；你，你們，都是他的救命稻草，短時間裡有一點安全感，很快他就發現是錯覺，於是鬆開手，再抓撓，抓撓到的還是同樣的東西；說來也可憐，一個人在黑暗中行走——這本來是哲學的命題，本來是在書齋裡，讓哲學家們研究，哲學家都是一撥沒有心肝肺的人，他們沒有一個人在黑暗中行走，他們都很安全，是隔岸觀火，苦的是潘索這樣的，生在哲學裡的人；就是說，哲學是個蘋果，他就是蘋果裡的蟲子，鑽啊鑽，鑽不進去也鑽不出來，哲學家則是操刀手，一刀把蘋果切開，皮是皮，瓤是瓤，核是核，蟲子呢，什麼都不是——他想起賭場裡那個魔術師，他的射擊，經過兩次反射，射中了那個蘋果，幾乎洞穿——哲學就是射擊手！他補充了一句，一陣暈眩，他再無力支撐，倒在吧枱上，提提調和的酒終於擊倒了他。朦朧中，他看見一張小臉，貼近了他，眼睫毛幾乎掃到了他的鼻梁，可是眼睛卻在遠去，不停地後退，退進一個隧道。一切都那麼詭異，沒有潘索，陶普變成什麼了？盡是一些線條，幾何圖形，立體塊，顏色，光，四散著，是潘索這個人，讓抽象變成具體的存在。

潘索不在的日子裡，子貢和提提就這樣在陶普廝混。他們挺合得來，甚至生出一些兒親密的感情。他們彼此都挺放肆，開著粗魯的玩笑，好像終於從潘索的壓力下解放出來，還是因爲互相都沒什麼誘惑力，就格外的輕鬆了。高興起來，提提會要求子貢抱抱自己，兩人都體會不到有什麼熱情，便放開了。但不妨礙之間的那一種愉快，並不完全由對方而引起，更來自於他們中間的那一個媒介，潘索，他們不是因爲他走到一起來的嗎？他離開了，可是留下了這畫廊，好像蝸牛留下牠的殼，他們就在裡邊嬉耍。他們鬧出不小的動靜，但這殼依然是空寂的，所以，是誰的殼就是誰的殼，誰也別想鳩占鵲巢。等潘索估摸著差不多回來的時候，子貢已經將提提帶走了。潘索推進門來，什麼都是原樣，就好像沒發生過任何事情，這兩人收拾得很乾淨，從潘索的生活中隱匿了。過後有一日，潘索看見一個年輕男孩，在畫廊門口躑躅，回頭看見他，一躍身，翻過樓體欄杆，在滾動電梯裡三步兩步下去。潘索從他的背影認出，是提提那個加州牛肉麵朋友，他本能地跟隨而去。男孩幾乎是從電動滾梯直接跳到地面，轉眼不見了。潘索又追了幾步，止住了，茫然想道：追他做什麼呢？於是返身回去。這就是提提最後的餘韻吧！

子貢爲提提找到了新去處，在一家私營書店做店員。書店是由幾名社科院研究員和出版社編輯辭去公職合股開辦的，專做文史哲，文化理想加經營策略，使它迅速在一批私營書店中脫穎而出，乘勝追擊，東西南北中開出分店，形成連鎖，簡直如星火燎原。書店專設於地鐵站，和地鐵同時段營業，頭班地鐵發車開門，末班地鐵進站關門。地鐵站是個晨昏不計的空間，鎮日燈光璀璨，且不見天日，時間的概念模糊了。人群熙攘，如同潮水湧動，卻又有一種寂寞，似和世間隔離著，也令人恍惚，不知身在何處。子貢領提提走在地鐵站的人流裡，忽對身後這小女孩子生有同病相憐之感。人世如此廣大和蒼茫，邂逅的同時就是分離，這就是車站的戚容所在。他放慢腳步，好讓提提跟上，可回頭一看，提提緊貼他身後，半步也沒落下。就這樣，兩人相跟著走進書店。

書店有宿舍提供外地的店員，但床位也有限，目下全滿著，要數日以後才會有一個辭職的女生空出。提提一時住不進來，先要租房過渡。兩人從地鐵口走上街面，太陽當頭，照得人目眩。鄰近的商廈正在做促銷活動，搭了台，拉出高音喇叭，又歌又舞，十分的蒸騰。這才想起，正是星期天的下午。嘩聲中，更覺得心意闌珊。站了一會兒，子貢說，跟我走吧！提提跟他又轉身下了地鐵口，搭上去浦東的地鐵列車。

子貢帶提提去的住處，在浦東的高級住宅區裡，一幢三十層公寓樓裡的一套。開進門去，只見客廳裡的家具都罩了白布單，房間門緊閉，子貢開了其中的一扇門，家具也蒙著白布單。子貢只讓提提使用這一間臥室，並且囑咐她不許用電話，也不許接電話，然後就離去，留下提提一個人在房間。這房間不大，倚牆一張單人床，再橫一具書桌兼梳妝桌，床腳牆上開一扇長窗，幾近落地，望出去，樓宇間，正懸有一輪橘紅的日頭。因是下午四五時光景，所以這間臥房是面西，應是公寓裡的客房。提提踅出房間，來到客廳，蒙了白布單的家具，看上去就像停屍房。面南整座玻璃幕牆，可見極遠處有一線氤氳，是黃浦江。忽聽見格啦啦一聲響，冰箱在啓動，是這公寓裡唯一的活物。她循聲而去，走進了廚房，拉開冰箱門，空空蕩蕩，半包火腿燻腸，幾片芝士，再有兩瓶礦泉水，不知什麼時候留下的。提提決定去找超市，於是，收拾收拾出門。樓廳裡沒有一個人，揿了按鈕，電梯悄然上來，開門，沒有人。中途停了一次，門打開，立了一個外國女人，猶豫著要不要和陌生人同乘，不等她決定，門已關上。下到底，開了門，卻是車庫。大半車位空著，提提沿著車道出去，上了地面。滿眼綠蔭，落日的橙黃的光，穿越過來，剖成一線線金針，竄上竄下。走出社區，踏上寬平的馬路，一眼都看得到地平線。十字路口，紅綠燈在綠蔭中轉換，馬路兩邊，綠樹後面，是高層公寓樓。現代建築材料的外牆反光性特別強，本已經微弱的殘照一旦觸及，又變得銳利起來。那些光的金針，就是從樓體上迸裂出來的。所以，這些建築並不因爲它們的高度與龐大而變得木訥，而是明快的。路上很少行人，車流無聲地淌過，有一種遼闊的靜謐。

提提過了一個街口，又過了一個街口，並沒有一個商店的影子。太陽已經落到底了，卻還釋放出充足的光，天空顯得格外高遠。她走到一個車牌底下，正好駛來一輛公交車，也不問去哪裡，一腳登上去。車門悄然合上，向前駛去。駛過二三個站，車前方的電子屏幕滾出了地鐵線的站名，提提下了車，找到地鐵口，下去了。底下是又一個天地，似乎地面上所有的人都集中到了地底下，熙來攘往。糕點鋪，書報亭，百貨雜物，音像製品，沿過道排開，人聲喧嘩。列車進站的廣播則凌駕人聲之上，遍及每一個角落。提提有回到人間之感，她並沒有搭乘地鐵，只是隨人流走動，她已經判斷出自己所在的位置。地鐵，就是一幅立體的城市地圖，一旦迷失，就下到地鐵，保準找到方向。

子貢讓提提借居的房子，是他替別人看管的。在這一片住宅區，多的是這樣空著的公寓。有的房主隔一段來住一時，還有的一去不來，來和不來的都是爲投資所計，投資者也多來自境外，以他們先發展的經驗，預見到這個沿海城市在新的經濟政策下，房產市場蘊含著極大的升値空間。本地人看來是匪夷所思的房價，在他們正夠置放閒錢，當然，他們的那些閒錢的量，足以使房價迅速增長，於是，升値空間再度擴張，與本地人更無了干係。這城市的房產，就這樣預前地進入資本全球化的體系。

提提睡在這間小小的客房，落地長窗上有一片薄光，並不來自於燈光——這一片地區一旦入夜，在天空闊大的穹頂下，燈光就顯得弱了，長窗上的亮是玻璃本身的材質的光所形成，也不夠照亮周圍，所以四下裡依然十分的暗。提提躺在暗中，萬籟俱寂，唯有冰箱的啓動那一點響動，可廚房又離得遠，反增添了渺茫。提提是生活在喧嘩裡的人，這樣的靜和暗讓她感到的不是安寧，而是警醒。半睡半醒中，忽然一陣電話鈴響，驚得她險些跳起來。她想起子貢的囑咐：不能打電話，也不能接電話。電話鈴兀自響著，客廳裡，廁所裡，廚房裡，鎖著的房間裡，各有分機，幾架分機的鈴響先後銜接，就像是一串回音，終於停息了，那寂靜重又湧起，淹埋了無邊的暗。

第二天夜裡，差不多同樣的時間，電話鈴又響了。提提躺在床上，睜著眼睛，聽那一串鈴聲響了一陣子，再又停息。第三、第四天，都是在夜深人靜中，電話鈴響起，就好像出於某一個約定似的。大約第七天的時候，提提沒有睡下，而是坐在客廳的沙發上，守著茶几上的電話機，她不相信那電話還會來，豈不料，電話上的接通燈竟按時亮了，緊接著，鈴聲響起。看著閃爍的紅燈，提提再按捺不住，她一下子提起了話筒，氣洶洶地問道：誰？聽筒裡傳來一個溫和有禮的聲音，原來是大樓的物業，問這裡是不是有人入住，倘若是的話，要到物業處登記一下證件。放下電話，提提吁出一口氣，說不出是失望還是不安，一個人靜靜地坐一時，然後起身回房上床。此後，夜裡便安靜下來，再無電話打擾。這一日早上，提提剛要出門，電話響了，提提已經放鬆警惕，以爲還是物業，順手便抓起話筒，「喂」了一聲。聽筒裡一片沉寂。提提又「喂」一聲，依然沒有回答，只有氣流輕微的拂動，似乎是鼻息聲，然後，「咯」的一下，電話掛斷了。提提意識到接了不該接的電話，心裡有些駭怕，卻已經收不回了。就在當天晚上，子貢來了。

提提斷定子貢是爲她錯接電話事來，準備好認錯道歉，但子貢並不提這事，只問她怎麼還不搬去書店的職工宿舍。提提就也變了策略，不回答子貢的問題，直接問電話裡人是誰，先發制人的氣勢。子貢說：關你什麼事！口氣有些粗暴，是以前不曾有過的。提提冷笑說：子貢你過著一種神祕的生活！子貢眞變了臉，加緊說了一句：關你何事！提提就說：下回再來電話，我就告訴說，我是你的女朋友，有話由我轉告。子貢放棄地一揮手：隨你的便。他頹然坐倒在沙發裡，背著玻璃幕牆，外面是沿江大道的遠景。光從他身後過來，逆光中他臉部的輪廓顯得幽深美妙。提提坐到他身邊，捧起他一隻美手，說：我們爲什麼不能做戀人？她的態度無限誠懇，卻藏著一種戲謔。子貢想起潘索的話：她不是美，但是很有趣！他哭笑不得地看著這件潘索的遺物，歎了一口氣，翻過手掌握了握她的小手：認識你眞是我的榮幸。提提抽出手，抱住他的脖頸：你令我心醉神迷。說罷，雞啄米似地在子貢臉上胡亂親著，子貢好不容易掙開，提提又撲過去，子貢再掙開，從沙發上站起，提提就起身吊到他頸上。子貢甩不脫她，只能告饒：動口不動手！提提說：談判！子貢答應：談判。提提這才從他頸上下來，兩人各在一邊正襟危坐。

怎麼談？子貢問。怎麼談？提提問。子貢說，女士優先。於是，提提說，保證不再接電話，要是再接電話，立馬走人！子貢斷然說，接不接電話，她都得走人，這件事沒什麼可商量！提提作勢又要上前吊住他，被他機敏地讓開了：你先住職工宿舍，我替你租到房子以後，再搬出來。提提說：先租到房子，直接從這裡搬過去。子貢堅持：先搬出去，再租房子。提提又要上去，她已經知道子貢怕什麼了，子貢趕緊站起來，堅執說：這裡不能住了！再住三天！提提央求。子貢有些心軟，嘴上還硬著：不行，這不是我的房子。我保證做隱身人！提提舉手發誓。子貢說：又何必如此，職工宿舍挺好，都是你一般大的女孩子，也有伴了。提提說：我再不能住集體宿舍了，我恨集體宿舍，沒有隱私可言！子貢說：豆大的人，有什麼隱私可言？提提說：有過潘索以後，我就有隱私了，他是我的大隱私！她眼睛裡有了淚光，扭過臉去，子貢亦一陣黯然。提提屏住淚，狠聲道：他把我從茫茫人海中撈起來，現在又扔回去，休想！這不是我的錯，子貢說。我沒有說你！提提氣咻咻地說。停了停，子貢說：可是，你侵犯了我的隱私。提提看他一眼，說了聲：對不起！她早準備好的歉詞此時說出口了。

兩人不說話地坐著，都感到委屈，卻互相給不了安慰。按說，是相同的命運，但這命運不使他們更近，反而更遠。良久，子貢說道：你叫我把你放到哪裡去呢？提提說放到隨便什麼人的隱私裡面去。子貢又一次體會到這小女孩子的有趣，這有趣卻有一種可怕，一種可以不管不顧的可怕。這是一個鄙俗的生命，唯其鄙俗，才強悍有力，這才是眞正觸動他的。最後，他還是依了提提，讓她再住三天，無論三天內租不租到房子，提提都必須搬出來。談判結束，子貢走出公寓，提提要送下樓，他非不要。提提知道他是怕人看見，就非要送。兩人糾纏了一會，還是子貢讓步，不料他前腳走出公寓，後腳提提說聲「再見」，把門關上了，倒有一時的惘然。提提從警眼裡看著子貢，正好笑，也不料，警眼裡貼上一隻眼睛，不由駭一跳。那隻眼睛後退去，退成子貢的臉，變形的滑稽的俊美的臉。這兩人其實正是一對，有著相同的質地：結實，柔韌，厚顏，無恥，所以合得來。

子貢揿了電梯的鈕，電梯靜靜地上來，靜靜地開門和關門，然後向下。由於速度快，輕微地戰慄著，隱約可聽見電梯井裡的風聲，子貢覺著自己正從大樓的體內直落而下。沒有人，無論是門廳，電梯，大堂，子貢沒有遇見一個人，可是他就知道，有無數隻眼睛看著他，誰的眼睛？隱私的眼睛，四下裡埋伏著不知多少隱私。也許，誰說得準呢？其中就有一個，是提提將蹈入的。他大踏步走在小區的水泥甬道，黑色的樹影裡間隔有燈，黃黃的，滿月般一輪，一輪。他的身影不斷從燈下躥出，又被他自己的腳踩過去。小靈耗子！他耳邊響起聲音。我是一個小靈耗子！他身心變得輕快，風一陣出了小區。

三天之後，子貢再來到公寓裡，提提不在了，東西也都帶走了，白布單重新罩上家具，一切保持原樣。子貢頓感輕鬆，難免有一點抱歉，四處翻檢一遍，決定去書店看提提，請她吃一頓飯。可是，提提不在。書店裡說提提從沒有來上過一天班，甚至，人們都還不認識提提。子貢走出書店，正是夜間地鐵運行，燈火通明，無一點夜色。人總是多，呈浩蕩之勢，自動檢票口的鐵欄杆格啦啦地響，腳步紛沓。站台上的連鎖糕餅店散發出濃郁的香精和奶精的廉價香味，燈光下的人臉都發出青白色，布滿倦意，而且顯得五官不正。子貢墨線描過一般的俊臉，肌如凝脂，漂浮在人流之上。

五

這城市還是要看夜晚，燈光是它的植被，覆蓋了鋼筋水泥的乾涸的表面，開出晶瑩璀璨的花朵，連起來，就是河，鋪開來是苔蘚，飛濺而成流螢。可以想見，是如何繁榮的生態。夜晚裡的人，就是夜貓子，是人類裡的另一類。他們在這樣的人工生態中長成，有著另一種生物鐘，和自然背道而馳。這又有什麼呢？他們所身處的也是自然，第二手的自然，是從第一手裡派生出來。知道人工鑽石怎麼生產的？摹擬天然鑽石的發生環境：溫度，濕度，礦物質成分……美麗的鑽石不也生產出來了？有了夜貓子，夜才有了生活，就叫作夜生活。

夜生活這名字聽起來有一股頹廢勁，是消極的人生，但它其實是城市的影子。傳說裡不是說，兩個人走夜路，一個發現另一個沒有影子，原來是鬼魂。一樣的道理，城市倘若沒有影子，就成了鬼城——可被光線穿透的虛妄之城。是影子落實了占位，雖然是平面的，可是在不同方向的光源之下改變著形狀，經過計算，可得出立體占位的總量，所以，它亦有著隱匿的三維性。並且，甚而至於，它還能反映占位的質，質的疏密，軟硬，強弱，厚薄，其實都在改變著影子的質。看起來，影子是實體的投射，同時，它又證明著實體，這就是兩者之間的關係。所以，有多大的現實，就有多大的虛無。一個城市越是積極進取，就越有頹廢氣；這頹廢是與理性做平衡的感性那一部分；是人性受到約束的同時，放縱的那部分；是相對於功用的無用的那一部分；相對於創造的消耗的一部分。比如說，沒有愛迪生的發明創造，沒有電，沒有照明系統，頹廢的夜生活就無處存身；還有電報，電話，這些信息工程的原初形態，打下了一個虛無世界的現實地基——愛迪生要是知道，今天有多少多餘的話語在空中飛行，他真要高興死了。燈光這一種植被，在愛迪生的原理之下，繁殖越來越快，多麼豐饒啊！「頹廢」因此而明豔旖旎，是一種畸戀樣的美，在倫理之外的和諧秩序，蠶食著主流社會，腐蝕著主流意識形態。然後，很奇怪地，它漸漸成了主流，而在邊緣的末流的位置，滋生出又一種頹廢的蔓草，就像是影子的影子。這城市的燈光重重疊疊，影子也是重重疊疊，就好像亮了還能再亮，暗了也還能再暗。夜晚的影影幢幢，就是頹廢氣更替交互而形成。

夜晚的無數重帷幕，透出曖昧的輪廓，不知是哪些人和哪些事，結成哪些成因，要演出什麼樣的戲劇，這戲劇將有什麼出人意外的情節！許多懸念埋伏在光和影的靜息處，按捺著聲氣、哭和笑，潛行著，向著終局。有什麼在等著啊！它們將怎麼解開，如許驚人或者平淡的答案。有的只是空置，叫你撲一個空，白費一路走來的腳力和精神，還有無數的創傷。沒有人看見，凡看見的都是一些不見天日的眼睛，啞了的喉舌，說也無法說，只能爛在肚子裡。夜晚的戲劇就此變得鄭重，嚴峻，甚或酷烈，那就是隱祕所至，孤寂所至，在趨往公共空間的路程，必通過的封閉隧道。最終，走出隧道的其實只是一些軀殼，魂都留在了隧道中。所以，主流社會其實是一些軀殼構成，然後是軀殼的軀殼，美麗的蟬蛻般的軀殼，匯成時尚潮流，洶湧澎湃。這城市的白晝也變得鬼魅了，就是白日夢。蒼白枯瘦的白日夢，在天光之下的水泥溝壑裡茫然行走，沒了燈光的惠澤，城市可是乏味了。陽光裡滿是浮塵，牆面的磚石裸露出粗大的毛孔，建築形成嶙峋的天際線，頗有些猙獰的。白日夢可不如夜貓子幸運，它們在退了海水的礁石間磕碰著，撞出遍體鱗傷，而且收乾了水分，迅速地風化，那喑啞的市聲，就是它們的哀鳴，等不及夜晚降臨，華燈初上。它們都是短命的，和螢火蟲反一反，螢火蟲是一個夜晚，它們是一個白天。這些白日夢，有一半時間在苟延殘喘，然後灰飛煙滅。這就是城市的現實性，唯物主義。早說過了，這是夜晚的世界，夜貓子的人間。

子貢是其中穿針引線的人，他可說是這個晝伏夜出的族群裡，先驅一樣的人物。在這城市的夜晚沉寂著，偃息著聲色的年代，他已經在另一個城市裡初涉夜生活。這城市的夜生活可說是由無數個子貢，東一點，西一點，積攢收攏來的。他們白手起家，拿一點，用一點，身體力行，走在空曠的無人的街道上，留下可疑的身影，讓世人側目，付出名譽的代價。可現在——子貢眞是想不到啊！這城市竟然也會有如此輝煌的夜晚，這輝煌還不在表面，相反，表面是安靜的，然而，以子貢這樣的夜晚的慧眼，他可看出在平靜中隱匿著祕密的通道，通向芯子裡的璀璨。所以，何止是輝煌，分明是晶瑩剔透，水晶宮一樣。甚至於，令他詫異地，當有一次他回去那座給予他夜生活啓蒙的歐陸城市，他竟感到了陳舊。哪有這城市絢爛啊！這夜生活的新生階層，就喜歡新簇新的夜生活，流光溢彩，飛揚著誇張的喜悅。這樣說來，我們約可估摸出子貢的年齡。可是像子貢這樣的人，已經滑出了時間的軌道，以他在空間跨越的速度與廣度，愛因斯坦的相對論可證明這點。他是沒有年齡的人，我們就不要去猜測了，這屬於宇宙的祕密，天機不可洩漏。

子貢想，還是咱們自己的夜晚好啊！在那異國的夜空下面，壅塞了異族人濃郁的體味，這體味幾乎有著原始性，表明著強悍的種族特性。他，亞洲的小靈耗子，就像從魔術師的大口袋裡變出來的。子貢一揮手，將那異國的夜晚印象從臉前拂去，就又是一片簇新。子貢幾乎是看著這燈一盞一盞亮起來，忽然一日，遍地燈海，他，就彷彿修行者看見遍地蓮花。

子貢在哪裡邂逅簡遲生的？還需要好好想一想，是在那國領事館舉辦的統一日慶祝會上。秋末的時節，涼風習習，在西區某家酒店的草坪上，紮著大白布帳篷，裡面擺著吃的和喝的，賓客端了酒杯四散開來。隨了天色漸晚，草坪漸黑，幾近墨色。在這城市的中心地帶，難得有這樣大塊的敞開的空間，燈光都顯得微弱了。帳篷裡的光映黃了周邊一圈的草地，越往外越暗，終於暗成墨黑，融入更大面積的草地。聲音也瀰散開了，相隔不遠的距離，看起來就如同默片。頂上的天空倒越來越明澈，有點點星光，卻濡染不到底下來，地下還是墨黑。於是，空間分成上下兩色，分別升起和沉澱，越來越離開。子貢，他這位民間外交家，在黑色的草坪上梭行。前幾日下過雨，草裡暗藏著一些小水坑，免不了高一腳低一腳，高腳杯裡的酒晃蕩著，是暗裡的一點幽光。來賓一半是那國的僑民，駐外的商社公司代表，拖家帶口的，東一架、西一架的童車裡，躺著熟睡的嬰兒；另一半來賓裡有本地的外交官員，經濟聯營夥伴單位，社會名流，有三五成群，也有一個人默默走動，這裡看看，那裡看看，尋找熟人。草坪上籠罩著謹慎的空氣，其實是生分和拘束的，卻又都做出熱情隨便的樣子，唯有子貢是輕鬆的。在這裡，他是半主半客，看他滿臉盈盈的笑，真是搶眼。暗裡，有他白亮的臉；光裡，有他飛揚的身姿。他把這個人介紹給那個人，把那個人又引薦給這個人。人們心中狐疑，這人是誰？是本國人，還是外國人？可是，有誰敢把這問題問出口？就好像是這裡的生客似的，要知道，今天來到的，都是熟客啊！是這領事館的老朋友。

子貢就是在那時候看見一個人，站在帳篷的進口處，光映在他的頭上，從他平頂式的短髮中穿過去，那髮是灰白，卻很粗硬。他忽然想起漢堡火車站中國旅館的老闆，其實無論是身型還是相貌都不像，可是，他就是想起了他。那人就是簡遲生。簡遲生穿一件白襯衣，西服脫下來挽在臂上，襯衣的硬領，還有領帶箍得他不舒服，總是看他將兩個手指伸進前領裡抻一抻，子貢注意到他粗壯的脖子。從繃緊的襯衫可看出他腰腹上已長出贅肉，可依然是結實的，沒有鬆弛下來。他的單瞼的眼睛並不大，卻有聚焦力，目光集中，穩定。他有一種正直的表情，對了，就是這一點，讓子貢想起中國旅店的老闆。在他們這樣的年齡，新朝開元之際出生長成，都有著這樣的表情，朗朗乾坤的氣象，應該叫作共和國氣質吧！

子貢從簡遲生跟前過去，簡遲生正和對面的人說話，子貢從這正直的目光裡穿過，沒有留下任何痕跡。簡遲生沒有注意他。帳篷裡食物的熱氣在燈光下形成氤氳，人和物的質地都緩和下來，有一種鬆軟的暖意，變得性感了。子貢感受到簡遲生的體溫，幾乎是可觸摸的有實體的物質——這是他與中國旅店老闆，那個航空專業文革前大學生的區別，那一個是枯乾的，生活榨取了漿液，萎黃下來；而這一個，依然飽滿，並且更加濃稠。子貢沒有走遠，就站在近處，與一個奧地利紅酒商人說話，說的是今晚的天氣，雖然晴朗，可卻有些潮。子貢告訴他，這就是亞洲，北面北冰洋，東臨太平洋，南向印度洋，西靠地中海和黑海，無論北季候風，南季候風，都帶來海洋的水分，溫暖濕潤。紅酒商說，是不是像酒窖？亞洲是個大酒窖！兩人都大笑起來，發出喧嘩而空洞的笑聲，因爲是極少的一點笑料，都稱不上笑料的笑料。子貢一邊笑，一邊用餘光掃視簡遲生，有一些字句進了耳朵，談的是生意，原來是個生意人。這一點，也像中國旅店的老闆，從共產主義公有制理想社會走出來，經歷時代嬗變，進入私有化經濟體系，多少有一些屈抑，但也還好，挺過來了。像中國旅店老闆，他顯得更爲屈抑，身處徹底資本化的社會，經驗的是歐洲經典資本主義生產關係，但也正因爲此，內裡也許是泰然安定的；這一位，簡遲生，是要軒昂許多，其實呢，是在一個半蛾半蛹的體制裡，隨機性很大，可說風雨飄搖，形勢略改，便無從立足。幸好，幸好有那一股子共和國遺韻撐著，那時代出來的人，無論受何種挫折變故，似乎都能保持操守，有一股氣節。那是一個天下爲公的時代，人都是赤子之心。

帳篷裡的光的氤氳映著簡遲生的輪廓，柔化了一些粗糲的細節，他的矮額，短鼻，笨重的下顎，彼此協調，甚至是好看的。他手指頭插在喉部抻衣領的動作也好看，而且性感，子貢對於性感有著敏銳的識別力。他的餘光裡，滿是簡遲生的身形和動態，心生激動，同時，也生出傷感。他著迷的對象，幾乎無不例外，都著迷於異性，比如潘索，所以，總是一無所有。這是一種命運，他所渴求總是不得，所得都是所不求。餘光裡的這個人，別看是那種禁欲時代的正直的產物，可在那苦行僧似的清簡的外表之下，藏著原始的本能。這一點又和潘索接近，但潘索是虛無的，而這一個，實實在在。子貢的悲劇就在於，他趨向本能，可他又違反了本能的普遍原則。潘索，一個藝術者，生活在假想的世界裡，他能夠接受這種反常，子貢卻不敢保證，簡遲生能不能。所以，子貢感到了極大的危險，這個人，是比潘索更深的陷阱。簡遲生笑了，子貢幾乎是一驚！周圍的氤氳顫動著，突然間撳下了消音器，沒有聲音，所有的動靜都偃止了，可是他的笑，鋪滿在整個薑黃色的燈光裡，子貢被籠罩其間。

帳篷口的這團光，在四下的暗裡，有一種凝聚力，凡身在其中的，都是親人，相濡以沫的人，眼睫上閃著暖融融的金暈。子貢和奧地利人，離簡遲生僅一臂之遙，只需兩三次眼神傳遞，便相識了。這就與潘索有所區別了，潘索有一股拒斥的力，推阻子貢接近，他不敢前往。潘索太華麗了，渾身都是堅硬銳利的光的芒刺，令他膽寒。而簡遲生的力是吸納性的，他有一個寬廣的容量，子貢不由自主地靠攏過去，明知道那是個陷阱，可是他抵抗不了。他面含笑容，聽簡遲生和人說話，好像本來就是談話圈裡的人。酒會其實是共產主義的社會，所有的話題都是敞開共享，沒有私人的概念。聽著聽著，他就插進話去，簡遲生都沒有發覺這是一個陌生人，一個美豔的陌生人。直到後來，他們成了相熟的人，簡遲生也沒有留意過子貢的美貌，那可是令所有人驚詫的。這是他和潘索又一個區別，他是一個受成規限制的人，而潘索是唯美主義者。

他們談的是裝修。簡遲生想給公司做一個會館，委決不下做成哪一路風格。他承認他在這方面沒什麼見識，屬於商場上的行伍，講的是實效，還不會享受趣味，如今略有餘暇，就要來涮洗身上的銅臭了。倘不是有充足的底氣，萬不敢有這樣的自嘲。奧地利人建議會館建一個酒窖，子貢笑道，專進貴公司的紅酒！奧地利酒商卻正色道：這倒不是，大公司的酒都是行貨，真正好的酒都是在自家的葡萄園裡釀成，至尊的極品是沒有牌照的私酒，你們知道，他的藍眼睛在面前的中國人臉上來回移動——在奧地利與德國南部接壤的鄉間，有一個修道院，那裡的僧侶私釀的利口酒，由一個專門通道，進貢給路德維希二世國王，它的配方，還有釀製法——他眨了眨藍眼睛——是個祕密！說完，轉身走出帳篷，消失在黑暗的草坪上。四重奏樂隊在演奏耳熟能詳的小步舞曲。簡遲生說：看，這才是貴族呢，我們是資產階級。

大約一週以後，子貢和簡遲生第二次見面，在蘇州河邊的舊倉庫裡，這是子貢介紹給簡遲生的設計工作室。設計師是台灣人，早年留學美國，當上海剛剛展露出復興的徵兆，便很有預見地移來紐約蘇荷區的模式。比他預見的更速，幾乎一夜之間，蘇州河岸集攏了大大小小的藝術工作坊；又是一夜之間，河岸，以及以河岸爲中心輻射出去的地皮大幅升值，政府意欲收回，發展房產和消費區域。藝術家們就又移往下一處去開墾，此地暫時凋敝下來，等再度興起，則是另一番面目了。蘇荷區百年的歷史在此迅速走完一個週期，每一個階段都不曾遺漏，只是都縮短了。這一家工作室不過數十年時間，已稱得上經典了。因是始祖的身分，政策對他網開一面，也是做爲一個標誌，所以還在。工作室依然是倉庫的格式，進口面對河埠，上百級的樓板直通庫房，都是整塊的松木，不刨光也不上漆，用粗大的鐵釘固定。走上去，頂下的梁和椽亦是整根的料，地板也是整段整裁，一氣排開，樓板和樓板間留有疏闊的縫隙。看上去，好像昔日的倉庫騰空了直接就搬進去，定睛一時，方才發覺有細膩的景致，穿牆而過，那是來自幾扇窗戶——窄長的豎窗裡是灰色的瓦面，整齊的瓦楞一層一層鋪排上來；另一扇寬扁的橫窗裡嵌著柳絲，垂直下來，是天然流蘇；再一扇天窗，呈斜坡勢，一泓空白的天光——沉鬱的四壁破開了幾個缺口，流淌進活躍的空氣。於是，城市開埠之初的蠻荒景象陡然化爲現代。再看室內的桌椅柗櫃，茶具燈盞，皆格外的精巧光滑，每一處細節處理都十分仔細熨貼，是日本的格調，又給現代感規定出東方形式。那空曠的空間就這麼被收服，收服，收進可觸可感之中，終於一把握在手心。

就這樣，簡遲生的視線集中到對面的小個子男人，他親手替客人們斟茶。斟茶的手續很繁瑣，桌邊一具小電磁爐上坐著一壺水，咕突地頂著壺蓋，先用煮沸的純淨水沖洗茶盤上的茶壺和茶盅，茶盤是竹材的一個屜格，洗涮過的水從屜格滲下茶桌，桌上自有一個下水眼疏通。然後，茶壺裡塡上茶葉，第一道茶不喝，用來再沖洗一遍茶器，第二道茶方才蓄入茶盅，貓食般的一口，入嘴便無，但覺滿頤留香。簡遲生笑道：這才叫品，通常我們那是「牛飲」。小個子男人眼睛一亮，聽出這話的出處，是《紅樓夢》裡，妙玉論茶的一節，說：簡先生原來熟讀「紅樓」啊！我以爲大陸人多是「三國」派的。簡遲生說：我本也不讀「紅樓」，中學時的女朋友卻是個「紅樓」迷，在她驅使下，硬了頭皮讀一遍，爲證明讀過，還畫了一張家譜圖表。小個子男人說：坊間閨閣還是重「紅樓」啊！簡遲生點頭道：先生這麼說很有趣，大約眞是如此，「三國」是朝，「紅樓」是野。子貢在旁聽兩人這一番談吐，看出彼此投合，就不需要多做介紹。這兩人從「三國」「紅樓」談到朝野之分，又從朝野談到古今、南北、天地，像有無數的話題，反把今天的來意放在了一邊，子貢就也不提。

不知怎麼山重水複一轉，這兩人竟談起了禪。小個子男人來自日據五十年的台灣，他的家鄉花蓮，山形水貌都有些接近東夷，日本僑民帶去飲食習俗，建築的格式，火車站一帶的街道，店鋪林立，商幡招展，綽約就如京都。他雖然生於光復之後，但水土留存，潛移默化，自然得日本人的精神遺韻。他指著四壁上的窗，說：任憑弱水三千，我只取一瓢飲。簡遲生不能苟同：三千是三千，一瓢就只一瓢，窗裡的景致，只是管錐，如何概括大千世界，這可不能偷換概念。小個子男人與他說拈花微笑的故事，簡遲生回答他的是阿拉伯神話

「一千零一夜」，說那姑娘要救自己，必得一夜一夜將故事說下去，每晚還必留一個尾巴，吊住那暴君的胃口，要等聽完故事再殺她，一點鬆懈不得，好比〈國際歌〉中所唱：「從來就沒有什麼救世主，也不靠神仙皇帝。要創造人類的幸福，全靠我們自己！」兩人在這一點上犯了頂，可越頂越興奮：小個子男人信仰頓然間的覺悟，簡遲生堅持掃帚不到，灰塵不會自己跑掉；小個子男人談玄，簡遲生說的是實證；小個子男人稱他是機械論，他說小個子男人自欺欺人！兩人說得又生氣又高興，從坐著說到站起，從桌邊說到廊下，再一路說著走下松木樓梯，樓板在他們腳下空空地響，就好像當年搬運工的腳步的回音。蘇州河邊人車稀少，暮色漸起，兩人的爭論終於息止，在清寂的天光中笑著，握手告辭。

簡遲生沒有提設計會館的事，以後也沒再提起，這個計畫擱下了。簡遲生的許多計畫，都是這樣在熱情的討論中形成，卻於實施前擱下了。他的稟性並不怎麼合乎生意之道，似乎更像士大夫風氣，喜歡清談。但因過人的精力，容易受社會運動的吸引，不自主便投入到時代的潮流之中。當年的紅衛兵，之後的上山下鄉，再然後的下海經商——蘇東解體，開放自由經濟，他是最早往俄羅斯經營民間貿易的一夥，掙了幾票。其時，中國的劣貨假貨以及粗鄙的中國暴發戶，惹怒了俄羅斯民眾，發生了血洗中國商人住宅大樓的事件。很幸運，簡遲生在事發之前正巧離開莫斯科，他是在從海參崴往大連的輪船上，聽到消息。他強烈地感覺到瀰漫四周的敵意，不由心生恐懼。倒不是怕遭搶殺，而是怕天罰。一幫子個體戶，竟去欺凌泱泱大族，簡直是欺天地。就在這一刻，他領略到這個民族的震撼力。這震撼力向來都在日常的摩擦中零碎了，零碎成欲望的眼神，宿醉不醒，酒徒臉上的酡紅，粗魯的笑和哭……可是它其實一直潛藏著，沉默不語。終有一日，終有一日，就像睡眠中的火山口。簡遲生再沒有回那裡去，公司還掛著，當然是個空殼子，有些帳也沒收回來，他也不要了。他雇傭的兩個職員——兩個退休的大學漢語老師，在中蘇交好時候學習的漢語，那時候，他們還都是青年——他想起都膽寒，他怎麼敢！兩個職員在找

1
2
3

他，不知道他還用不用他們，他不再與他們聯繫。總之，了斷一切。好在，他的資財已夠他下半生衣食無憂，零打碎敲地做幾單買賣，不過是爲了社交。這一年，他不到五十歲，正在年富力強，但其實，已過著一種隱退的生活了。這樣的生活，在財力，精力，最重要的是在道義上，不再負有風險性，同時呢，也吞噬著人的活力。雖然外表上看起來，簡遲生還很抖擻，但事實上，意志卻鬆懈了。他不再有野心。

很奇怪的，簡遲生是從周圍人的身上，看見自己的衰老的。妻子，朋友，昔日的同學，生意夥伴，甚至於有一日，他發現他女兒十八歲的青春也變得脆弱了。五十歲這一年，他告別了婚姻生活，和老情人呼瑪麗也徹底分手。先是與三十歲的女朋友同居，沒過幾年，就換了二十六歲的新歡。與此同時，他搭伴的朋友也呈現年輕化的趨勢，他們都是由他的女朋友帶進生活的。這些與他差不多相距一代人的青年男女，有著完全不同的趣味，因這個時代與簡遲生的時代亦是完全不同的。簡遲生的時代什麼都匱乏，只有青春，以及青春的不可及的空想富足；而今天，什麼都是過剩，大把大把地揮霍著，相形之下，青春便顯得短暫而且倉卒——這一種匱乏在時間的某一個局部還體現不出來，局部裡壅塞著如許豐富的生活，外部的生活，令簡遲生興奮。他的精神活躍起來，興致勃勃。他的那些小朋友啊！總是給他驚喜，許多地方，都是他們引領他去，然後他再介紹給他的同齡的老朋友們。要不是小朋友，他眞不知道這城市藏著這許多奧祕，感官的奧祕。這就是小朋友們的時代，一個感官的時代。許多感官的辭彙產生了，比如說「鬱悶」，小朋友們總是說：「鬱悶」，「我很鬱悶」。簡遲生時代裡，年輕人是迷茫，迷茫是發生在精神的範圍，太抽象了。而「鬱悶」直抒胸臆。還有「爽」，眞「爽」啊！從頭到腳洗一個澡的感覺。簡遲生時代的人，講的是「快樂」，也是抽象的。小朋友們將「奮鬥」說成「博」，這個字好！直接，聲色動情，「奮鬥」這個詞就概念化了。總之，簡遲生們是概念的時代，小朋友們的時代則是肉感的。簡遲生有如新生。

那麼，小朋友們又是如何看簡遲生的呢？這個體魄高大、氣度寬宏的男人，大約與他們的父親同輩，可是與他們的父親完全不同。在他們看來，父親這類人多是少見識的，又是叫人掃興的，而這一個，則有著開放的胸懷。雖然他不說，可是很明顯，他的經歷相當傳奇。他所來自的年代——這是多麼遙遠的年代啊！時間的緊湊性使得單元縮小，十年，二十年，更別說三十年，幾個世代都過去了。他們對歷史還是有敬意的，只不過他們的父親都是歷史中最無味的人，這一個，不消說，是歷史中的英雄人物。你看他，有一種古典的氣質——猶如簡遲生從他們身上汲取的是感官的生動性，他們從簡遲生身上，恰恰汲取了概念，歷史的、時間的概念。其實雙方都是意識形態的，但內容有所不同。他們彼此需要，簡遲生需要周圍簇擁著年輕的臉，年輕的聲音，年輕的氣息，他們也需要有簡遲生這樣的長者，他帶給他們經典主義，這城市不是正流行經典嗎？這城市的殖民時期，二十年代與三十年代，正成爲時尚的想像——天曉得，他們都不知道簡遲生生長的四十年代末和五十年代，與他們共處同一社會體制之下，要說經典也是社會主義的經典。在他們看來，二十年代，三十年代，以至四十、五十年代，都是一個時代，那就是過去。簡遲生是過去的人，好比一個活化石。

在小朋友裡面，亦有眞正傾心於簡遲生的人，那是一些女性小朋友。她們年屆三十，對女性來說，這是一個微妙的年齡，倘若在婚姻中，那就是風華正茂，倘在閨中，便青春行將凋敝。她們大都對愛情有著過多的幻想，蹉跎了歲月，等到回進現實，方才發現適齡的夥伴多已走入婚姻。男性總是比女性少幻想一些，對婚姻的要求比較適當。四顧茫然之際，簡遲生來了。她們其實是眞正能領悟簡遲生的魅力的，她們的年齡，是胞漿胞到了一定濃度，即已經懂得，又沒有衰退情感。簡遲生第一個同居的夥伴，不正是三十歲嗎？然而，不幸的是，此時非彼時，現在，這個年齡，以及這個年齡裡對簡遲生的同情之心，更加讓他意識到遲暮的悲哀。因此，他對她們的傾心均視而不見。這就是簡遲生在社交圈裡的處境，可稱之爲誤解的歡迎。

那天從蘇州河沿岸的設計室走出，簡遲生就和子貢交上了朋友。方才說過，子貢是沒有年紀的，這並不是說他年輕，而是指他處於時尚中堅。簡遲生的小朋友們只是追隨普遍性的潮流，而他是潮流中的精英，少數人的階層。小朋友們有什麼思想？不過是人云亦云，當然，他們是潮流中的大眾，是基礎，而子貢是象牙塔尖上的人物。表面看起來，他甚至是老派的，「鬱悶」、「爽」一類的流行語，從不掛在他嘴邊，在他，連「快樂」都是膚淺的。他說，人們說「新年快樂」，「生日快樂」，「聖誕快樂」，將「快樂」這個詞用於某一個特定的日子，裡面有著一種短暫的、稍縱即逝的意思，那麼——人們問，怎麼才是長久的？幸福，子貢說。他就是用這樣的辭彙：幸福，而小朋友們都會覺得，「幸福」太老土了！和任何潮流一樣，凡大眾都是急先鋒，來不及地要拋棄老舊的概念。唯子貢使用這概念不會顯得落伍，反而有經典的意味，子貢是潮流裡的經典。子貢的經典和簡遲生的不一樣，簡遲生是化石，人類學、社會學意義上的標本，子貢是精髓、要旨，簡遲生和子貢，就在「經典」這一點上相逢了。

子貢和簡遲生就能夠討論「幸福」這一觀念。簡遲生聽子貢說他是學德語的，便說從小讀過德國的格林兄弟童話。子貢告訴道，格林兄弟的家鄉卡塞爾還有個世界著名，就是每五年舉行一次的卡塞爾文獻展，來自全世界各國的實驗藝術家紛紛前來參展，是那小城的盛大節日，子貢曾經驅車去過，在他的印象裡，整個展覽都表達出對現代生活強烈的懷疑，而格林兄弟——子貢說：他們的童話的結尾，總歸是，從此，人們過著幸福的生活！簡遲生笑起來，他大約也已經很久沒聽見「幸福」這個詞了，面前這個時髦的男子竟然說出這麼一個樸素的觀念。就好像要進一步加深簡遲生的疑惑，子貢又說：幸福就是簡單。

你說的是極簡主義？簡遲生問。不是「主義」，就是簡單，子貢回答。簡遲生看著他的精緻的輪廓，他將他的精緻歸於時髦，在他那個時代，工農政府的草創階段，是沒有這麼精緻的臉相的。他也注意到子貢髮際上那個小小的髮尖，他不會像潘索用「開臉」這樣技術性的辭彙，他只是單純地感覺有一種人工化。當然，他不是指整容，也不指修飾，還是出自於自然的手，子貢的臉卻給他雕琢之感，這可說是一種時代的象徵。子貢也端詳他，這個從禁欲的時代裡走出來的人，有一種修士般肅穆的面容，自然，也是顯而易見，他開戒了，正過著放縱的生活，可精神並沒有渙散，還收緊著，所以，不時地和欲望做抵抗，企圖將感官的生活轉變成思想生活。

子貢接著說：現在的生活太複雜了。簡遲生持懷疑態度：複雜嗎？我倒是覺得單純。那要取決於從哪方面看，子貢說。從哪方面看？簡遲生很有興趣地等子貢解釋。很多複雜性是從社會分工開始的，子貢思索著試圖闡述：雙年展上有一個作品，題目叫作「到五百海里處拋物」，作品是以錄像的形式展出，拍攝一艘船在海裡行駛，一直行駛到五百海里遠，然後從船上推下一塊一塊石頭……多麼複雜啊！本來，船在海上自有它的目的，要不要拋物也取決於需要，所有的行爲在天地間留下圖畫，生發出人和自然的關係，生產，勞動，藝術，哲學，全融爲一體；社會一分工，事情就來了，一部分人從事生產勞動，一部分人從事藝術，另一部分人思考存在意義，由於這幾項互相割裂，生產勞動的人不知道精神價值，做藝術的人不知道物質生活的意義，思想者苦於將這兩樣聯繫起來，分析出因和果——他的話使簡遲生興奮起來：可是，一個個體的人要容納這所有的物質精神活動，負荷是不是太沉重呢？於是乎，就要用歸納法將所有所有歸納成一件事物，就像蘇州河岸那個台灣人，他談禪，你也在旁邊聽見了，大千世界，凡凡種種，全九九歸一；看似簡單了，事實上是做了刪節，根據什麼原則刪節？各取所好，各取所需，世界因此支離破碎，然後等待英雄出世，重整山河；還是分工好，這是理性的社會，各在各位，用我們那時代的說法，做一顆永不生鏽的螺絲釘！生活依著軌道行進，每個人都是安全的——可是，子貢發問了：幸福嗎？

事情又回到「幸福」的觀念上來了。

雖然他們思想有分歧，但兩人都對談話滿意，這種沒有情欲的激動，純思想的交鋒，使他們活力充沛，心靈卻很安寧。簡遲生是沒法和小朋友們談這些的，老朋友們又都是過來人，不屑於談；子貢和誰去談？那些外國人嗎？別看他外語流利，但外國語都是些語言的殼子，飛過來，飛過去的，就是空殼子。這兩個彼此絕不相像的人，此時倒成了知音似的。各人有著各人的寂寞，交談也解決不了什麼問題，依然是寂寞著，說是交談，其實是各談各的。不過，稔熟的語言是有暗示性的，這樣熱烈地你來我往，藏匿深處的思想便被撩撥了。

從思想上接近簡遲生，子貢又高興卻又感到遺憾。他想，思想的途徑是理性的途徑，可達至比感性更深刻的接觸，但也正因爲是理性的，於是妨礙了激情，激情往往是盲目的。而他知道，像簡遲生這樣的人，具有著大容量的激情。他看著他身邊的小朋友們，深知道沒一個人配得上簡遲生的激情，沒一個人與他同量級。和潘索不同，潘索是情欲，簡遲生是激情。唯有他這種正直的氣質，才可擁有高品質的激情，那是經過禁欲的淘洗，好比沙裡淘金。同樣，也因爲過於正直，他是不會留意子貢的魅力的。這是太過正面的性格，略微超出常規，就會被視作猥褻。這眞是成也蕭何，敗也蕭何，最吸引子貢的亦是最排斥子貢的。子貢常常想：誰能和簡遲生打平手啊！直到有一天，看見呼瑪麗，子貢明白了，就是她！

六

呼瑪麗長著一張滿人的狹長臉，吊梢的長眼，顴骨略突起，更顯出瘦削的臉頰，是古人們稱頌的「秀骨清相」，看上去有一種肅殺，是她金戈鐵馬的祖先遺留給她的氣質。但這肅殺之氣延至她的嘴角卻緩和了，她的嘴角略有些下陷，臉頰在這一部分變得豐腴，於是形成兩個明顯的笑渦。下巴上翹，但角度正好，使整張臉有了種稚氣。這是來自於優良的血統，經過多少輪優勝劣汰，最後集精華而後傳。由於中國歷朝歷代多是建都北方，王室多是北地種姓，北方人的遺傳總體上優於開發較晚的南方。很難確定呼瑪麗是不是皇族的後裔，甚至連她家的籍貫都有些混淆，履歷表上，向來塡的是「江蘇」。但有一次，她父親在醫院拍胸片，拿到一名老醫生面前，老醫生看了胸片說：你們家是滿人。

在溫婉的江南，呼瑪麗的長相並不能得到普遍的賞識，尤其市井坊間，多是喜愛那類玲瓏剔透的女孩兒，呼瑪麗顯見得是超量了。她個頭大，臉型大，輪廓又過於醒目，是用大一號的筆勾出來的。可是，人們不得不承認她的奪目，不僅是形狀，還是顏色，漆眉星目，紅唇皓齒。無論你喜不喜愛，她要在場，周圍一切都黯然了。她是不夠婉轉，相比別的女孩，她還顯得笨拙。動作太大，說話音調也太高，可人們第一眼看見的還是她。在一群標緻的小丫頭裡，你可說她是醜小鴨，也可說是鶴立雞群。人們很難說她「漂亮」，她不屬於那一類漂亮的女孩，在發育的某個階段——她比一般女孩發育得早，在某個階段，她甚至顯得難看，因爲粗糲，皮膚疙疙瘩瘩，身體粗壯，臉盤腫大，突破了這個荷爾蒙失調的階段，她則煥發出格外的光彩。這一回，人們就折服了，遠遠看她走出弄堂，這弄堂盛不住她的光輝似的，變得頽圮和灰暗，人們想：

這是誰啊！想不到就是她。

這一年，是她初中二年級，文化革命開始，學校停課。她是第一批的紅衛兵，率先造了學校老師的反，卻犯了路線錯誤，先說左傾，後說右傾，原來是要造學校領導的反。正暈頭轉向，大串聯開始了，於是，糾結了一幫同學去北京見毛主席。大串聯起始的時候，還有秩序，火車也不像後來擠得可怕，甚至每個人都有個硬座，一路唱著歌，興致十分高昂。途中卻發生了一個小事故，向晚時分，飯車推進車廂，其時，大串聯的火車上還供應客飯。學生們紛紛起身接飯盒，鄰座一個男生嫌盒中的菜太淡，說自帶了榨菜，要請大家下飯。他立起來，從行李架拉下軍用書包摸榨菜，摸出一個紗布包，不認識是什麼東西，正拿在手裡翻看，卻被對面的女生劈手奪去，愕然間一抬頭，那女生揚手就是一個大嘴巴。兩個人通紅著臉，男生脖子上的筋都粗起來，伸了幾伸脖子，卻笑了，說：我不打女人！這話裡藐視的意味十分清楚，女生也笑了，說：我就打男人！第二掌又要上去，被雙方的同學擁開了。原來是男生拉錯了書包，這時節，男女生都流行用草綠色的仿軍用書包，弄錯的事情經常發生，不巧的是，男生摸出來的不是別的，而是婦女衛生用品。這時節，你要說禁欲也罷，知羞也罷，總之，女生將性別視作極私密的事，又是在這樣嬌嫩的年紀，更是感到不堪。男生呢?蒙塞得很，嘴上說「不打女人」，其實並不知道何爲女人。就這樣鬧將起來，雙方直著喉嚨亂罵，也不知亂罵什麼，最後，鄰車廂的紅衛兵齊聲唱起一支「我們都是來自五湖四海」的語錄歌曲，歌聲湧進，先後應合上去，偃止了吵罵。這時，火車已過長江大橋，夜幕降臨，車燈洞穿，在茫茫中開出光明隧道。汽笛聲四下裡散開，就像遙遠處的號角，引領著前行。盈耳是車輪與鐵軌撞擊的鏗鏘，車身震盪。歌聲漸漸沉寂，睡眠籠罩了車廂。年輕的身體互相倚賴著，擁簇著，隨著車身，就好像乘在一個巨大的搖籃裡。大時代孕育的男女，有著超乎尋常的氣象。

夜間，火車停靠樞紐站加水，有人醒來，看見車窗外的燈光，檢修工的鐵錘叮叮噹噹敲擊車輪，有疏朗清晰的說話聲。看了一會站台，再掉頭看那邊的窗外，是裸露的鐵軌。車廂裡睡意酣暢，年輕的呼吸使空氣變得肥腴豐饒。對面也有人醒了，抬頭來回地看，眼睛遇上了眼睛，正是方才吵架的一對，簡遲生和呼瑪麗。

簡遲生剛認識呼瑪麗時，以爲她與自己同年級，甚至長於自己，事實呢，呼瑪麗要比他低三個年級。從形貌上看，呼瑪麗已是個成熟的女性，似乎是與此平衡互補，她的內心卻十分天眞，比她實際年齡更單純。這一點，簡遲生很快就發現了，那是叫他又喜歡又困窘的。這一趟普通快車，天明以後，還需過一個白晝，才抵達終點，北京。火車在北地進發，沿途的田野，越來越廣漠和蕭瑟，難免令人疲乏。好在年輕人是不甘寂寞的，他們有的是熱情，離家遠行刺激著他們，革命也刺激他們。他們一路唱歌，有時是一起唱，有時是一夥一夥地互相拉歌。鄰車廂有音樂學院附中的一幫學生，攜帶了手風琴，沿車廂一節一節領唱，氣氛熱烈極了。在激昂的歌聲中，簡遲生和呼瑪麗又互望了幾眼，神情是歡快的，並不是忘記了前一日的芥蒂，而是這芥蒂成了他們之間的一個默契，由這默契，他們就有了別人不可介入的特殊關係。年輕人的感情不需要多少養料，只需要契機，然後，彼此看上去不討厭，不討厭之外，再有一些吸引，差不多就夠了。接下來的情形，則取決於各人的性格。就這樣，簡遲生和呼瑪麗完成了邂逅，帷幕拉開，性格登場了。

向晚時分，火車吐著一團團白霧，制動閘咬著車軸，發出尖銳的摩擦聲，火車進了站台。站台已經亮了燈，昏黃的燈光加重了暮色。男女孩子們擁在車窗，看站台從旱橋底下徐徐移出，旱橋從頭頂過去，漸漸止住。有一刻靜默，似乎不相信到了北京，然後，不知誰帶頭，一轟而從車窗散開，爭先向車門擁去。在這鐵匣子裡關了兩日一夜，再也按捺不住，簡直想飛！猶如譁變一般，無數面旗幟在揮舞，召集麾下的兵；無數個高音喇叭在響，播報各接待站的地點與名稱；無數條喉嚨在叫喊，哨子聲，軍號聲，歌聲……又有數列客車相繼到站，無數人流最終匯集起來，向出口奔騰而去。首都北京赫然顯現眼前，只覺得大，天是高廣，如此龐大的一塊暮色，燈在裡面變得疏落而稀薄。地是寬廣，十大建築的北京站並不顯其宏偉，反覺得玲瓏有致。街道開闊，一眼過去，幾乎可望到地平線，跑著甲殼蟲大小的車，人就是豆大，悉悉索索地移動。車站廣場停著無數卡車，車壁上張著歡迎的標語，人們奔向卡車，翻身上車，轉眼間，車斗蓄滿了人，車就發動起來。這時，便迎來了首都的風，浩浩蕩蕩，從無邊無際的天地裡生起，席捲而來。人們張開了歌喉，卻沒有一點聲音，歌聲讓風吞沒了。唱著無聲的歌到了地方，呼瑪麗的同學發現呼瑪麗不見了，他們在航空學院的接待站，裡裡外外找了一個遍，沒看見呼瑪麗的身影，也沒有人想得起來，最後看見呼瑪麗是在什麼時候。

此時的呼瑪麗，身在北京的另一端，西邊一所大學的接待站，校園裡有著名的湖泊，記憶著近代史上許多重大事件和人物。她擠進了簡遲生的一夥，那是另一所學校的高中學生，以爲她是跟錯了隊伍，卻也無法幫她找到同伴，呼瑪麗便名正言順地留下來。之後的十數日，呼瑪麗就跟著他們一起行動，步行去各個院校看大字報，看軍事博物館，爬長城，凌晨時分集合在天安門廣場等待毛主席接見——在這些活動中，呼瑪麗並沒有與新集體融合起來，而是始終保持著距離。她本是投奔而來，多少有被收容的意思，應該有所迎合才對，可她卻很傲然，對人視而不見，只和一個人接近，就是簡遲生。除去晚上就寢，必得在女生宿舍，其他時間，她都黏著簡遲生。簡遲生呢，自然是有些難堪，可很快，就棄之不顧，兩人公然親密起來。

這樣年紀的男女，都開始嚮往異性，但多是悄然之中，誰敢像他們坦然大膽。再說，又有誰能有他們的幸運——這一對簡直天造地設，散在人堆裡看不出來，單挑出來，便覺著驚人的相配，而且相得益彰。都是俊朗的長相，氣象恢宏，兩人在一起，世界都變小了。所以，周圍人就持敬而遠之的態度，縱容得他們更加忘形，眼中只有你和我。在天安門廣場，等待檢閱的人海中，四下裡都看見一個女生騎坐在男生脖頸上，那就是他們倆。女生挺著背，安然俯視；男生呢，脖子上壓著一個人，並沒有一點屈抑。一上一下，四隻手相握著，做出歡呼的姿態。這就是大動亂中的驕人春色。

接受過檢閱，這一對男女便離開了夥伴，不知他們去了哪裡。

子貢看見呼瑪麗時，呼瑪麗已是另一番形容。由於瘦削，臉顯得格外長，眼窩癟下去，鼻梁鋒利，嘴唇周圍起了褶。脂粉搽得極厚，掩住了枯和黃，卻泛上一層死白，反變得有些可怕。最盛麗的花衰落時，往往會格外的凋敝，怵目驚心的殘敗，那都是因爲不節制。美，青春，活力，能量，在放縱中消耗殆盡。看它如今枯竭到什麼程度，就可知道當年飽滿到什麼程度。那種豐沛啊，幾乎要綻破表面，掙脫一切束縛，無邊無際地瀰漫開去。就像火山噴湧岩漿，火熱滾燙，流淌到哪裡，哪裡就成焦土，化爲火成岩。這還不夠，還有熱力，繼續燃燒，最後將自己燃盡了。根據物質不滅的原理，不是燃盡，而是燃成灰燼。現在的呼瑪麗，就是這灰燼，硬實的，保持著原先的形狀，質地和顏色不再，卻不垮塌。比較之下，簡遲生並沒有如此尖銳的衰老跡象，要和緩許多，但正是這和緩，流露出一種妥協。好像是，他與某種對抗的力量講和了。在呼瑪麗的枯槁的面容——就好像鮮活的泥土燒成了磚瓦，在這失盡水分汁液的面容裡，一雙眼睛卻出奇的亮著，不是餘燼的那種灼熱的亮，而是潛深流靜，就像易朽的生命最終被不朽所占位。

呼瑪麗和簡遲生沒有結婚，卻成功地促成幾次離婚。婚姻這種日常的形式對於他們的激情，容量太小，材質也太脆弱。可人世間除了婚姻又還有什麼結合的形式呢？所以，他們雖然沒有結婚，卻又一直在向婚姻的目的衝刺，臨門一腳時候，則共同對目標生疑，不明白那究竟是不是他們所要的，於是，煞住了腳。他們彼此承認，婚姻還是適合比較平靜的感情，而他們，就像在火上煎烤的熱油，互相傷害。第一次機會——大多數男女都是在蒙昧狀態下稀裡糊塗蹈入的婚姻，可惜他們錯過了。他們一邊在談婚論嫁，一邊幾乎是同時地，各有新歡。婚姻當然是談不上了，取而代之的是妒忌，狂怒，謾罵，廝打，甚至尋死。接下來有一段寧靜的甜蜜時光，事情就好像又回到最初的一見鍾情的日子，那兩個新歡丟在了一邊，完全被遺忘了，就像是一對倒楣的犧牲品，被他們臨時抽籤抽來，好做逃避婚姻的盾牌。出於一種動物性的本能，他們預感到婚姻的危險。

後來，他們還是結了婚，不是和對方，也不是和新歡，新歡是他們的傷痛，他們彼此更是傷痛，到處是不能癒合的傷痛，在那樣脆弱，易感，又求完美的年輕時候，其實是懦怯的，懼怕生活。於是，分手，選擇了不那麼愛卻也不傷害的對象，進入日常人生。大約有整整十年的時間，沒有見面，也不通音信。他們天各一方，呼瑪麗去了日本，跟隨研究遠東地質歷史的丈夫做陪讀。這所私立大學給予研究員的待遇很優厚，包含陪讀的家屬學習日語的費用。呼瑪麗學了日語，生了兒子，兒子上幼稚園之後，就在銀座商業街一家工藝品店找了份工，雖然沒有決定究竟在中國還是日本定居，但丈夫讀完學位以後的聘任一直在延續，目下還是安定的。這樣就到了九〇年，丈夫領了個課題到中國漠河地區考察，她就帶了孩子在上海娘家，也爲了讓孩子學中文。有一天，她帶孩子去公園，孩子在前頭奔跑，她在後面走，那孩子跑到遠處必定會折過頭回到她跟前，再返身跑去。正跑著，甬道岔路口，從冬青樹叢後面轉出一對老夫婦，孩子沒煞住腳，一頭撞到老人身上。老人很健碩，沒被撞倒，倒是一把扶住了孩子。呼瑪麗加緊腳步迎上去道歉，忽然間，聽老人喊出她的名字，不由一怔。老人說：這不是我兒子的同學嗎？樣子一點沒變，而我們老了，老到已經認不出我們了。呼瑪麗定睛認去，認出他們卻是簡遲生的父母，一對山東南下幹部，滿口膠東口音，原本在工業局裡任領導，文化革命中，自然是挨批鬥，受審查。那年，呼瑪麗和簡遲生大串聯回來，父母都關進了牛棚，呼瑪麗還隨簡遲生去工業局看人。造反派不讓看，簡遲生就坐在門口馬路沿上，呼瑪麗陪他坐著。工業局設在外灘附近，殖民地時期的石砌建築內，歐洲古典浪漫主義風格的樓房，挾持著街道，頂上是窄窄的天空，非常陰鬱的氣氛。戴著紅袖章的人們從大理石門廳裡進出，對這兩個人視而不見。此時此刻，簡遲生和呼瑪麗臂上的紅袖章沒給他們增添威儀，反是有一種嘲弄的意味，使他們顯得滑稽可笑。過了中午，又過了下午，傍晚了，沒有人來理會簡遲生，結果是呼瑪麗硬把他從地上拉起，拖走。簡遲生就像個耍賴的頑童，一步一蹭，好不容易蹭過一個路口。呼瑪麗先是在前面扯，後又在後面頭頂他的背，這時候，就有些像嬉耍了。推拉著又過了一個路口，改成簡遲生追，呼瑪麗跑，跑了一陣，沒見後頭有人上來，疑惑著返回去，卻見簡遲生在一個門洞裡，頭抵著牆，一動不動。呼瑪麗硬把他扳過來，面對面抱住他。暮色陡然間降下來，路燈亮起。這個門洞似乎是被廢棄的，沒有人進出。兩個人相擁著在這窟穴般的門洞裡，就像兩隻受傷的小獸，互相舔著傷口。後來，呼瑪麗在簡遲生家裡，看見從牛棚裡出來的他的父母，其時，壓抑之下的激情平息了，簡遲生和父母的關係呈現出日常的平淡狀態，他們彼此甚至都不太說話，他們對呼瑪麗也不像有特別的注意。在這對父母隔離審查的日子裡，這個家庭已成為逐漸長大的兒女的天下，壅塞著兒女的朋友，半大不小的男女孩子。他們對這些孩子持一種冷淡的平等態度，倒是像對自己家的孩子，出於山東人敦厚的稟性，多少也來自工農政權樸素的長幼尊卑關係。多年過去，他們顯然已經從領導崗位退下來，過著安閒的含飴弄孫的晚年生活，不免會感到寂寞，於是，面對長大成人的晚輩，就變得熱切，甚至的，有一些糾纏。

就這一會兒，偶然相逢，站住腳說的話，要超出過去多少年裡，呼瑪麗在他們家來來往往的招呼。他們向呼瑪麗報告了簡遲生的工作、婚姻、家庭等等情況，也問了呼瑪麗的，細細端詳了她的兒子，開始以爲是女兒，因爲留了一個及耳的劉海髮式。他們還談了他們自己，如何打發時間，最近回去一次老家，說是老家，其實是戰爭中駐留過的地方……話題漫無邊際地延伸開去，孩子已經在他們跟前來回跑了幾趟，用日語叫喊著要吃冰淇淋，呼瑪麗也覺得站久了，乘機與老人告別，在老人頗爲不捨的目光裡，帶孩子走開。第二天，簡遲生就來了。

簡遲生騎一架自行車，停在她家窗口下，一迭聲喊她的名字。呼瑪麗推開窗戶，看見他在樓下院牆外的弄內，仰起著頭，夾竹桃的花影畫在他臉上。時光似乎退回去，退回到少年時分。這時，他們都年屆四十，可是，兩人都沒怎麼大變樣，依然是好看的，是這個年齡裡的人駿。尤其是呼瑪麗，她的長相——在她年輕的時代裡不怎麼被看好，卻正合當下的審美，高身，寬肩，略失勻稱的長臉型，眼睛裡的風情——她無疑是性感的。性感這個詞長久以來被蒙昧著，如今驚現，變成最崇尚。呼瑪麗的美在此時獲得正名，她是公認的美人了。簡遲生呢？和所有的男人一樣，進入了黃金的成熟期。兩人年富力強，儀態萬方，就像希臘古典時代的雕像，男神和女神。過去的，應該說是偃息著，如同冬眠一樣休憩著的愛情，又復蘇了。而且，經過十年時間的養息，這愛情更加壯碩，飽滿，蓄滿了漿汁，一觸即發。十年的間隔一越而過，根本不需要溫故知新，他們又是一對情投意合的男女。

這一回的愛戀比年少時更加甜蜜和熱烈，猶如春風沐面。他們變回到初戀時節，每天早上，簡遲生來到呼瑪麗家的窗下，高呼一聲，就聽噔噔的腳步聲，樓板都要踏穿，轉眼站在他的面前。她斜坐在簡遲生自行車的前杠上，她這樣的體魄坐在前杠委實太龐大了，可簡遲生還是能擁她入懷。兩人合一架車，虎虎生風，騎出弄堂，不知道往哪裡去了。此時，簡遲生已經辭職下海。他在恢復高考的第一年，考入本市一所大學的經濟系，畢業後分在社會科學院經濟所做研究員。這個職業對治學興許不錯，可他是個熱中行動的人，市場經濟大潮一起，他都沒看準發展方向，便辭去公職。他是有妻室的人了，女兒出生才兩歲，整個家庭都被帶入風險中。他的妻子，也是當年的同學，能夠容忍他的一切任性，是馴順慣了，無從抵抗，不如就相信簡遲生的魄力，所以多少是有惰性。總起來看，這是個性格平淡的女性，也唯有如此，才可與簡遲生相安無事多年。這相安無事的實質畢竟是脆弱的，包含著苟且的意思，現在，簡遲生與呼瑪麗舊緣重續，幾乎沒有想到過妻子這個人的存在。呼瑪麗也將丈夫擱置腦後，當丈夫的課題完成，從東北回上海，準備攜妻將離東渡日本，呼瑪麗方才想起她的生活不在此地，終要和簡遲生分別。這段忘乎所以的日子，他們被快樂迷惑住了，不想快樂竟是如此短暫，轉眼間落潮，留下乾涸的沙灘，盡是舊人舊事的坑窪，不堪入目。他們相擁著，親了又親，哭了又哭，抱怨著命運。抱怨抱怨，忽然心頭一亮，他們爲什麼不能在一起？如此的相愛，爲什麼，爲什麼不能在一起？不就是離婚嗎？兩人平靜下來，發現事情還有出路，無盡的希望生起，再無邊地蔓延開去，轉眼間，他們又是最幸福的男女了。於是，離婚。

兩人都是快刀斬亂麻的性格，又有著熱烈的感情支持著，離婚這樁繁瑣糾纏的事情，並沒怎麼傷他們的筋骨，個中所難避免的麻煩和傷痛，又全做爲代價，計入他們的感情。這一陣子，他們果眞是親密無間，人人看了都要羨慕。

呼瑪麗將兒子留給丈夫，只分了極小部分的存款，可說淨身出戶，隻身回到上海。在日本期間，她雖然只是做主婦，但單是日常起居，也感受到資本主義經濟運營模式的輪廓，後又在銀座地區工藝品店打工，對細節就也有了解。回來不久，在南京路盤下一小塊鋪面，開出一爿精品店。同時，又佐助簡遲生，爲他提供切實可行的建議，他和朋友們合夥的生意，也走上正途。

簡遲生同樣淨身出戶，其時，上海城市的商品房方才起步，他們的經濟實力也不足購買房子，兩人就寄居在呼瑪麗的小店裡。店面很小，打烊以後才夠放下一張床墊，開門前就要收起。這一段慘澹經營的日子是他們的好時光，假如將文革中那一段稱作「白銀時代」，這一段就可稱「黃金時代」。當年，他們的人生還沒開頭，囊中無物，只有熾烈的感情，多少是有些空洞的，而現在，他們有了閱歷，性格越加鮮明，在那超大的感情體量裡，充實了內容。他們都是那種愛的能力巨強的人，可以爲感情做出忘我的犧牲，再反過來爲悲壯情懷折服。事實上，他們具備悲劇的性格，像莎士比亞戲劇中人的性格，特別能創造並且感動於不尋常的價值。當這悲劇性格積極追求價值的時候，很快就發現這價值已然受損。他們就好像化身成一個男奧塞羅和一個女奧塞羅，同時被妒忌打擊。他們忽然間彼此生恨，因爲對方前一次的婚姻，尖銳地痛苦著。他們意識到，之間的感情原來有著這麼一個巨創，喪失了完美性，而他們又都是完美主義者。他們第一次分裂的理由以及場景又回來了，程度更加激烈。他們不能容忍缺陷，總是以更大的破壞來抵抗缺陷。就像有一種小孩子，心愛的玩具缺了一只角，就乾脆砸了它，然後是無限的痛惜，可是那心愛的寶貝已成一堆碎片，抱在懷裡，捧在手心，怎麼也捏不攏了。都不曉得，事情是怎麼走到這一步的。他們互相抱著，擁著，彼此是對方的碎片。像他們這樣強度高的感情，同時有一個弱處，就是脆，一折即斷。還是親了又親，哭了又哭，這一回，可是什麼出路都沒有了，前途一片漆黑。

他們還是沒有結婚。簡遲生就是在這時候去了俄羅斯，呼瑪麗留下來，繼續經營精品店——到處都是愛的遺痕，每每撲面而來，伸手一抓，卻是一個空，情何以堪。然而，如簡遲生，不聞不見，難道就好受了嗎？其實更不堪。火車在無邊無際的西伯利亞平原行駛，從太陽升，到太陽落，一大片空曠，盛的全是情和愛，卻全是無形無跡。

不久，他們都各自結了婚，好像是趕緊要將創傷遮掩起來，不讓它繼續刺痛，所以都顯出匆忙。呼瑪麗找的是個香港商人，比她大出十多歲，是她的客人。那種南亞人瘦小精悍的形狀，鐵鑄的一樣。在體量上與呼瑪麗十分不配，但在內裡，卻力度相當。這裡的力度指的是欲望，他們是一對欲望的男女。這一點，在整個婚姻生活裡也許微不足道，可在他們，卻是契合的關鍵點。簡遲生呢，是一同跑俄羅斯做生意的，一個大連姑娘，東北人的形與呼瑪麗是有些接近，性格也有些接近，熱情，開朗，潑辣，但這其實都是表面，呼瑪麗內涵的量級，一般人不可企及。所以，事實上，他們兩個人都在下意識中尋找替代品，兩個替代品也能體現出他們之間的差異：呼瑪麗重視的更爲本質，簡遲生則停留在外部。不過，結果是一樣的，二三年後，他們還是各自離婚，原因依然是兩人再次相遇，重續前緣。歷史重新上演，只是週期縮短許多。這一次也依然沒有結成婚，理由卻有了變化，所以，歷史是不會完全重複。就像那種民謠體的詩和歌，大部分是重複，唯有一小點變化，事態便轉化了。比如《詩經》裡的〈摽有梅〉——

摽有梅，其實七兮。求我庶士，迨其吉兮。

摽有梅，其實三兮。求我庶士，迨其今兮。

摽有梅，頃筐塈之。求我庶士，迨其謂之。

其中的變化只在某些字，可量變達到質變。

當他們再一次相遇，激情湧動，但其實已是餘燼了。他們再是有能量，總量終是有限，如他們這般不節制，遲早要見底。他們消耗得過頭，將自己和對方都榨乾了。到了這一節，他們兩人又一次表現出差異，呼瑪麗榨乾是榨乾，但她還能再生，似乎她的泉眼更深。此時，她倒顯出一種平靜，耐心地等待泉眼再度蓄滿。而簡遲生就沒了這樣的從容，激情退潮，簡遲生發現了呼瑪麗的衰老。她頭髮變成花白，因來不及染，她常常用一條長綢巾從額際攔住，向後圍去，繫一個結，尚餘下二三尺長，垂至腰間，很有些戲劇化。也就是呼瑪麗了，換了任何人，都撐不起這份奇色，她就行。她的妝容越來越濃，一是需要掩飾衰老，另也是視力減弱，便選擇鮮麗的顏色。她也意識到身材在臃腫，於是多穿著寬身大袍，越發變得龐大。猛一看是粗魯，再看則有壯麗的氣象，已經脫出了浪漫劇女主角的形骸。簡遲生依然是男主角。

這一次離婚，就像淬火的鐵發出最後的掙扎的閃爍，他們一無繾綣，分手了。呼瑪麗沒有結婚，簡遲生則開始一輪又一輪的同居的生活。就像前面說過的，簡遲生是在周圍的人，尤其是女人的臉上，看見自己的衰容，於是，他的女友越來越年輕。就像那些藝術生命長久的芭蕾舞女明星，她越來越老，而男舞伴越換越年輕，因爲托舉她需要越來越有力的身體。這確實給他帶來良性的暗示，使他覺得自己還很年輕。看上去，他和呼瑪麗不斷拉大差距，本來是他年長三歲，如今呼瑪麗則比他要長出一輩人。她就像個老太婆，那種童話裡的老妖婆，掌握著某種魔法，可以生出奇蹟。她和簡遲生之間風平浪靜，簡遲生那些豔遇，一點傷不著她。她看他的小女朋友，懷著一點悲憫的心情，既是爲她們，也是爲簡遲生。她們和他的關係，幾乎是苟且的，算得上什麼呢？性，是的，性，不再是他們當年那麼單純，甚至於蠻荒，像兩個小畜生，全是本能。如今，性不是僅僅指性本身，這一樁官能的活動含有了複雜的意味。在簡遲生——呼瑪麗只對簡遲生有興趣，那些小婊子們還沒有積蓄人生的內容，但也不像他們當年那麼單純，而是社會化了的，所以不是小畜生，而是小婊子——性在簡遲生，更像是一個頑抗，抗禦時間。所以我說，簡遲生面對時間，沒有呼瑪麗的從容。

後來，呼瑪麗認識了潘索。她做的精品店的生意，和現代藝術沾些邊的——現代藝術是從抽象的概念出發，卻最容易被具體的生活效仿，那就是時尚——於是，邂逅潘索。這兩人倒挺投緣，當然，與性無關，也有關，但不在實際的行爲，而是虛擬的意義。潘索是生活在虛擬的生活裡，此時此刻，呼瑪麗也走入了虛擬。前者多少是迴避眞實的生活而選擇虛擬，後者則是生活過了，窮盡了現實的存在，然後走入虛擬。出發點不同，歸宿也有所不同，但在某一個程度上，他們挺談得來。

呼瑪麗點起一支菸，她的食指和中指之間的皮膚，已讓菸燻黃了，就像一個老菸槍。這雙手，骨骼很大，指節很長，指尖靈敏，拈放自如。當她側過臉，抬起下巴去搆手指間的菸，綢巾從腦後垂直下來，有一刹那的靜止不動，輪廓和色彩極誇張，就生出一種抽象的意味。潘索凝視著這幅現代畫面，畫中人轉回來，變成正面，一些生動的細節回來了，抽象感退去。呼瑪麗向他笑一笑：小弟弟，想什麼呢？潘索從沒被人稱作「小」過，此時，他完全馴服於這稱呼。這「小」不是指年齡的長幼，而是道出潘索的實質，就是天眞。呼瑪麗是大的，這「大」也不是年齡的概念，又不是成熟度的概念，是什麼呢？似乎是容積的概念。潘索覺著，呼瑪麗完全可以裝進個自己，當然，也不是體量上的意思。

小弟弟，想什麼呢？呼瑪麗問。小弟弟想的是你這麼個女人，誰能消受！潘索粗著嗓子說，這並沒有使他變大一點，反是更顯稚氣，就像那種童話裡邊充大人的小東西，比如《白雪公主》裡的小矮人，都是老頭的形貌，可誰會將他們當老頭呢？

反正不是你！呼瑪麗笑道。

爲什麼？你看不起我！潘索說。

給你，拿去吧！

你這樣的態度，我怎麼能要你！潘索故作委屈地說，心裡不得不承認呼瑪麗說得對，她不是自己所要的女人。雖然，他欣賞她，非常非常欣賞。

唉，你們這些小弟弟！呼瑪麗憐惜地看他一眼，說道。

不，拜託不要用「你們」這個複數！潘索抗議道。

哦？呼瑪麗誇張地抬了抬眼睛，「你」和「你們」有區別嗎？

很大的區別！潘索堅持，我承認我也不能消受你，但是出於完全不同的原因。

什麼樣的原因？呼瑪麗問。

我和你太相像了，我們是同一種人。潘索回答道。

哦！這一回，呼瑪麗是眞的驚愕了，她睜著眼睛，嘴微張著，少女時的表情又回來了。

我們——

不!拜託,不要用「我們」這樣的複數!呼瑪麗半真半假地說。

就是「我們」,我們是一類人,我們這一類人是在這實有的世界之外的——

他用手叩了叩桌面。他們是在陶普畫廊,陶普畫廊沒有變,壁上的畫與裝飾自然是新換了,吧枱裡打雜的小妹也是新來的,除此,還是原樣,一個大魔術盒。

我們——潘索繼續說,我們是虛無的存在,存在於虛空茫然中,現實的世界太有限了,而我們的存在是一種有機體的狀態,它們無限、無限地伸延,伸延,最終,逃脫出去。

不!呼瑪麗反對道,我從來不逃脫,我從來、從來,直面現實。聽起來,她並沒有理解潘索的意思,他的「逃脫」和她說的「逃脫」不是一回事,但確實都是「逃脫」,所以,他們就這樣談下去了——我從現實中破出一條路,當然，有時候，許多時候，是我破了，頭破血流，可以說是雞蛋撞石頭，可就這樣，我也不逃脫。

好的——潘索讓了一步，你不逃脫，你破出路來，最終你超越了現實，好不好？

我也不超越，超越也是一種逃脫，不過是從上面逃脫；小時候，我們有個同學，每逢跳高，一跑到橫竿跟前，他一定是從橫竿下鑽過去；假如世界顛倒過來，他就是從橫竿上過去了，就是超越了。

潘索覺著呼瑪麗很是糾纏不清，可是，怎麼說呢？他還沒想好怎麼說，呼瑪麗又逼過來——

你憑什麼說我們就是腳踩地頭頂天？也許地是天，天是地，我們其實都是倒懸著，只不過受地心引力，撥轉了我們的認知——

你說得很好，潘索興奮起來，所以，我們現在身處的完全可能不是一個實有的世界，而是另一個——虛空茫然，說有就有，說沒就沒，可存在也可不存在——亞里斯多德的話，這就是藝術！

呼瑪麗對潘索的意思認眞起來，她手托著下巴，她的下巴多長啊！失去了匀稱，就是這種不匀稱，讓她變得不眞實。爲什麼？她問，爲什麼是你和我，就是「我們」逃脫了？

因爲你我都不眞實，潘索終於有了肯定的措辭，你我都不眞實，我們過著不眞實的生活，我們擁有著一種虛擬的人生價值。

呼瑪麗懂了，可是眞正的分歧也產生了——我的人生價値在現實裡。

什麼？

幸福。呼瑪麗回答。

什麼是幸福？

不知道，呼瑪麗老實地說。

潘索笑了：這不結了？

這才是現實，「不知道」，而你，企圖製造一個「知道」！

潘索不笑了，他被呼瑪麗擊中了。

呼瑪麗得意了，她乘勝追擊：你的那些個女孩子，什麼都不懂的，幫助你一起蒙混，蒙混著你相信那個「假知道」。

潘索說：我要的是女人，又不是百科全書！

你懼怕知識！呼瑪麗大聲叫道。他們吵到兩下裡去了，可是，不是這裡，就是那裡，觸及到了一點眞相。

說得對，我最怕知識，知識是虛僞的。

你在說你自己呢！呼瑪麗高呼道，這女人看上去像死了的火山口，底下還有岩漿呢！你其實是怕自己，你從來不和做藝術的女人親密，因爲你和她們是一類，不是和我，是和她們，全是假惺惺的東西，你自己說的，虛僞！她們就像鏡子裡的你自己，是你的變相，就像觀音，有男相也有女相；還有畫皮，分明是厲鬼，卻化作女身，而且是美女身；沒有她們，你就看不見自己，你就可以盲目，盲目地愛自己，你是一個大騙子！由於亢奮，呼瑪麗的臉更加變形，幾乎變得獰厲，可卻有一股絕豔。潘索，很奇怪地，一下子想起了提提，就好像被電擊中似的，他微微打了個顫，趴倒在桌上。呼瑪麗推他，他不動。裝死！呼瑪麗罵。

七

那種特別強烈的性格，在平凡中輪迴顯現，是異常的天象，亦可說是稻麥裡的稗草。不曉得經歷多少複雜的排序演變，方才形成，其中的規律掌握在自然手中。大自然讓它們輪迴顯現，大約就是保護生態。這些稗草，雖然不頂用，無助甚至有損於收成，礙著莊稼人的眼，可是天知道為什麼，莊稼地裡總是有它們在，給農人們添一份活計，終也擋不住收穫。它們一點用也沒有，作亂也作不了大亂。它們這樣全力生長，四周都是異族，沒有同類，就這麼孤寂寂地長，長，長成完整的形態，難道就為了有一天被連根拔出來，扔在一邊，碾作泥，回進土裡！這種基因異化的生物，生長的力量是很強大的，它們違反著普遍性的規律，只依著自己獨一份的，如果沒有合情合理的動機，怎麼能如此生機勃發？它們自行一套，另成秩序，看上去眞是扎眼得很，將均勻整齊、密不透風的視野，扎出一個破綻。

輪迴眞的很神祕，全然不相干的事物，突然間閃現出一種關聯的跡象，又轉瞬即逝，而原本完整的表面，就此破成碎片，這裡少一角，那裡缺一塊。如果有可能從全局看的話，總量還是相等的，只是需要重新分配，然後再重新組織。然而，那新的邏輯在哪裡呢？這就是我們認識的黑洞，裡面藏著不可知的世界，也許比我們眼見的世界還要廣大。誰知道呢？在無窮的生生息息之中，有一些特別不協和的因子，破壞著既定的秩序，硬行穿越，爲了它們格外強烈，強烈到野蠻、有違人道的欲望，開闢出自己的生息通道。你根本找不到它們的蹤跡，那是太古怪、太古怪的運動，但肯定不是靈異，而是有著實體，卻是錯綜的，所以就混淆著視聽。我們的視聽被尖銳地割裂了。

子貢再遇見提提，已經兩年過去。在這城市繁華地段，新起的購物廣場的星巴克內，壅塞著午餐的人，全是周邊寫字樓裡的白領，其中就有提提。她一身辦公室小姐的裝束，淺荷色短裙套裝，頭髮剪短了，大圓蘑菇似的髮型底下，一張粉白的小臉，眉眼畫得格外醒目，看上去像一個日本偶人。足下踩一雙高跟鞋，後跟尖細，將身量拔高了。她一個人守一張圓桌，一邊用餐一邊辦公。子貢起初並沒有認出她來，店堂裡滿是這樣裝束和作派的女性，可是，還是有一種不調和穿透出來。她身旁的公文皮包尺寸太大了，是男用的；桌面上鋪的文件也太多了；端咖啡的手，小手指翹得太高；看文件的神情則太過嚴肅……這一切都有些佯裝，帶著譏誚，忍著笑，好像說，逗你們玩呢！子貢不由回頭看她一眼，這一眼就認出來了，原來是提提。提提卻早已經認出他來，凡看見子貢一眼就再不會錯過，餘光裡，子貢走來，繞過桌子和人，到了她跟前。提提低著頭，子貢以爲她在哭，不料，卻是笑，倒在了沙發上。子貢問她笑什麼，她不回答，笑得更厲害，蹺起腿，雙手抱著，滾來滾去，完全是小孩子要弄大人得逞的狂喜。子貢忍不住也笑了，用手撥一下她的腦袋，說：你在幹什麼呀！即刻他就爲自己的輕率後悔了，提提一下子跳起來，捉住他的手，拉到跟前，蒙住自己的臉。他感覺到提提的睫毛在手心裡刷了兩下，然後，手被放開了，是假睫毛，而且是兩層。

你這是在做什麼！子貢又一遍地問，這一遍他不敢輕舉妄動，只是用手將桌面上的文件撥亂了，眼睛一掃，看見多是些樓市信息，就曉得提提在做售樓小姐。提提的臉掩在蘑菇型的頭髮裡，這髮式對於她的臉型太厚太重，垂下來，只看見一個尖尖的下巴在顫動。終於笑到笑不動，停下來，先是那雙重簾的假睫毛從髮絲後面伸出，然後張開。她的眼睛比先前大和亮，是稍許豐腴了些，或者相反，是瘦了，臉部的線條顯出一種柔媚。她漂亮了，有了女人氣，但這也像是佯裝，小孩子裝大人樣。她抬手掠開頭髮，子貢看見她手背上的淡藍的筋絡，還是一雙孩子的手，不知道節制，耗盡了精氣神，也不懂得體面，沾一手灰和泥。如今灰和泥洗淨了，留起了長指甲，仔細塗上指甲油，發出貝類的光澤，可是，那股子淘氣勁還在。

你藏在哪裡，我都能找你出來！子貢說。找出來，然後扔回去！提提說。子貢說：我沒有扔你回去，是你自己跑走的！提提說：我等你來扔我啊？子貢再次申辯：我沒有扔你，我只是不知道把你怎麼辦！因爲他說了實話，提提就放過他，不再糾纏。停了一會，提提歎了一口氣道：我有什麼難辦的，難辦的是你們，不知道自己要什麼。也是小孩子說大人話，卻有幾分道理。子貢回她：你倒說說看你要什麼？提提沒有立即回答，而是從大公文包裡取出一盒菸，抽出一支點上，兩條腿架在一起，眼睛看著翹起的鞋尖，慢慢說道：一個人要什麼哪能是自己說了算的呢？要憑機緣造化。這一回，輪到子貢笑了，他當然不能像提提那麼放肆，只是用雙手掩住臉，笑得眼淚都下來了。雖然相隔兩年，提提又搖身變成一個白領，可就像那個古老的關於花生的謎語：「一重牆，二重牆，裡面睡個小紅娘」，剝開外面的殼，裡面還是個她。她和他，還是合得來。兩年前，各人有各人的傷痛，現在呢，癒合了，餘下的是快樂。

午休時間過去了，星巴克裡的人少下來，變得空寂，他倆還在鬥嘴。提提管自己說下去：不知道自己要什麼是一回事，知道卻要不到又是一回事！子貢還是要她說清楚到底要的什麼，提提的回答是：就是自己要不到的東西。那麼，什麼是要不到的呢？子貢逼問。就是你要的東西，提提再次回答。兩個人就像做一種叫作「推手」的中國武術，推過去，推過來。能不能說得具體些，子貢要求。提提認爲已經很具體了，不過，假如子貢還不明白，那麼她可以爲它取個名字。什麼名字？就叫它「子貢」吧！提提說罷，瞄他一眼，很風騷的。子貢糾正她，還是叫「潘索」吧！話出口知道說錯了，也收不回了。提提瞇起眼睛：潘索是誰？哦，想起來了，那個大胖子！子貢知道，潘索在於提提，是已經過去了，又永遠不會過去。

星巴克的下午客上座了，多半是買東西買累了，進來歇腳的，攜著大包小包。子貢提醒她，是不是要去售樓了。提提說，今天不想售樓，想和老朋友好好聊一聊。子貢站起身說，已經聊得差不多，該走了。提提就要跟他去，動手把桌上的樓市資料攏起來，胡亂塞進公文包。子貢說：你知道我去哪裡？就也要去。提提緊隨他身後，說不管他去哪裡，總歸甩不脫她了。兩人相跟著出了星巴克，又出了商廈，來到馬路上，人車熙攘，甚囂塵上。提提說：你好不容易找我出來，怎麼能又失去我？子貢沒和她油嘴，他想起兩年前的一日，他帶提提去地鐵書店，也是這樣明媚的太陽底下的鬧市，心裡生出蒼涼。他用手攬過提提的肩臂，這瘦削的小男孩似的肩臂，兩人就這麼走去。

子貢將她帶到了簡遲生那裡。

提提是江蘇海門人，本名叫王豔。當地人稱女孩子習慣在名字後面帶一個「官」字，王豔就叫豔官。這有一些明清曲坊的風味，但到今天大多數人都不識，只覺得土。如提提，本來就不喜歡自己的名字，以爲平凡，喊一聲，眾聲應，四面八方都是王豔，再加一個「官」字，直接就是鄉下人。人小力薄，拗不過人們喊，萬般不甘，也只得做了「豔官」，和左鄰右舍的「官」們一起玩耍，長大，進學校讀書。女孩子間的事都是一陣風的，一陣風地穿某一種衣褲鞋襪，或者背某一種包以及包上的掛件；一陣風地追捧某一位港台或是內陸的明星，可以湊起一班人搭長途車到南京赴歌會，坐在體育館的梯形看台上，揮著閃光棒嘶聲喊那歌星的乳名；又一陣風地迷上某一樣手工，比如千紙鶴，將花紙裁成齊方，埋頭摺成一掛一掛，倘是幸運星，就是一瓶一瓶，再如是將一分錢的紙幣，摺成角，一個一個套起來，可套成一艘帆船——走進哪一戶人家，凡櫃上架上有著這些物事的，家中必定有一個「官」，或者「官」的朋友。在這信息通暢的時代，已經沒有什麼偏僻的角落了，外面的世界興什麼，這裡也緊跟著興起，而且，由於對大世界的嚮往，興起得格外熱情與蓬勃。比如外面有大馬路，這裡也要有，寬，直，平坦；外面有高樓，於是，這一幢，那一幢，也是玻璃幕牆，也叫什麼什麼「廣場」，帶著一股子鐵定的決心。就這股子決心，看出鄉下人的耿勁，是這摩登小世界裡的質樸。

雖然是這麼一陣風，提提，也就是黜官，還是顯出特立獨行的個性。在一個沒有大主宰力的孩子，這種個性往往表現爲彆扭，人家向東，她偏向西，人家南，她偏北，人家紮堆，她則面隅。因此，她就不那麼合群。有一回，那是略長大一些的時候，小學校組織到南通狼山遊春，中途和誰鬧了氣，老師又沒有公斷，轉身就走。等老師發現少了一個人，立刻分頭去找，一個搜山，一個守渡口，一個帶學生繼續遊玩，另一個急速回海門告知她父母。她家父母都在上班，並不知道發生什麼事情，此時趕到家，見她自己吃了午飯，正在床上午睡。這個不合群的人，全年級第一個，初一時候有了男朋友，一個高二男生。這男生其實生性平庸，並無興趣與她攀扯，還要經受非議和恥笑，所以，多半是她在瞎折騰——等在校門口與他一同騎車回家，再等在他家門口與他一同騎車上學。她的千紙鶴和幸運星也是疊給他的，再有一分錢紙幣疊成的帆船。她還給他寫了無數張字條，用淺藍和淺紅的信箋。那些信箋到了男生那裡就好比石沉大海，無聲無息，但當豔官負氣向他討要，卻絕不肯歸還。就是這不歸還，拖住了豔官，以爲男生是與她同心。接下去的，依舊是躲避，冷淡，或者公然地拒絕。這一場似是而非的早戀，竟然也拖延了兩年，終於心灰意懶，徹底放棄，包括那些情書——事情一旦過去，這些信件就不再和她有關係，她都想不起來它們。初三時候，一是年齡增長，二也是風氣更趨開放，學生們都成一對一對的，豔官卻已經失戀，又落了單。一個人寂然度過一陣，好比養精蓄銳，她又開始了第二場戀愛。

這一場戀愛不同凡響之處，在於對象是她的老師，教物理的。她物理成績不好，常常被留下開小灶。老師是師範大學剛畢業的本科生，家在鄉下，住學校單身宿舍，有時豔官就到老師宿舍裡補習功課。她坐在靠床的老師的書桌前，老師坐在床頭，手指著課題一句句教她。老師的手，雖然出生於農家，因為從小讀書，沒出過蠻力，所以是一雙斯文的手。指甲剪得整齊乾淨，骨骼勻稱，甚至有些綿軟，在豔官眼睛裡移動著。然後，她就嗅到了老師的氣息，不吸菸也不喝酒，年輕健康，吃食又簡樸的清新的氣味，但畢竟是男性，且是成熟，自有著特別的分泌。這麼補習著，豔官的物理沒有什麼進步，其他課目也在下滑。此時已臨中考，師業和學業都在關鍵時刻，師生是乘在一條船上，榮辱與共。物理老師幾近哀求她多多用心，很聰敏的人，為什麼總是犯愚笨的錯誤？她的回答是：抱抱我吧，我很乖。

老師正當婚齡，鄉下的父母對他的婚事催逼也很緊，他當然是要找一個城裡的受教育的妻子，從此過上與父輩完全不同的生活。但他從來沒想過要在學生中物色，一是犯校規，二也是中學女生還很年幼，等她們長成，不知等多少時候，又發生多少變故。農村出來的青年多半頭腦實際，也比較守規矩。可是，擋不住周圍的形勢啊！四下裡全是早熟的女生們，熱中於實踐傷感電視劇裡的情節，這一個，就是豔官，又自有一種大膽的吸引。再講，老師也是看過電視劇的，哪個年輕人不是傷感主義的？兩人這麼好上了，事情進行得很機密，如果不是後來發生意外，應該說這段戀情對豔官是有益的。她安靜下來，異性的溫情，冒險的親密關係，滿足了她騷動的心。她真的變得很乖，與同學們相處和順起來，各門功課，尤其物理，成績見長。這一段日子，是豔官整個求學生涯中最光明的一段。早晨起來，騎車往學校去，一路上景色鮮豔，風和日麗，一些不起眼的小事，盡變得風趣可人。幼稚園門口，不願與母親分離的小孩的哭臉，相罵的路人，店鋪門楣上缺字的招牌，都引她發笑。暗地裡，與老師甜言蜜語，海誓山盟，激情一瀉千里。在老師都是眞實的前景，他已經鐵定心等學生長大，娶媳婦進門。鄉下人的顢頇更加激動豔官，使她感到老師的深情，兩人越來越纏綿，終於有一天，豔官發現自己懷孕了。其時，豔官升入高中不到一年，年齡是十六歲。

談情說愛在豔官是精神活動，不曾想會生出如此具體的後果，全不爲她所預計。老師呢，忽然明白與學生結婚成家是太遙遠的事情，要經歷多少煎熬。他從網上搜索到上海一家解放軍醫院設有少女意外懷孕求助，記下電話地址，兩人摸了過去。到了解放軍醫院，看豔官走進去，自己只敢等在對馬路的樹底下。夜裡，在私人小旅館陰暗的客房，守著發熱的豔官，口口聲聲說著將來結成夫妻，做牛做馬地待她，卻看不見一點將來，無限渺茫。豔官本不是爲人妻母的人，聽到「夫妻」兩個字只會加倍厭煩。事情發展到此，於雙方有違初衷，從上海回去後，兩人就都淡了。好在，豔官所讀高中是在另一所，如不是刻意，見面也見不著。

這一場事故先是將豔官嚇了一下，過去以後則豐富了她的閱歷，從此，她看同齡的男女生，就有了過來人的心情，看學校生活，則是曾經滄海的感慨。她身心經歷了蛻變，從少女到女人，這蛻變完成得過於倉卒了，許多準備都沒有做好，就略過去了，最後的成形就多少是缺損的。就是說，她其實並沒有認識男女關係的眞正意義，卻已經看輕了它的價值。同樣，對人生也是，她也不怎麼太了解，便早早放棄了它的嚴肅性。但是，她畢竟還年輕，又有數倍於人的元氣，不管她自覺不自覺，新鮮的經驗還是汲入生活，修復著創口。倘若是積極的、正面的經驗，也許能使她有比較鼓舞的命運；若是負面消極的，那麼，平復的創口底下，潛藏著的陰暗性，就會如沉渣泛起。

大約一年之後，在大街上，豔官與老師不期而遇。老師身邊走著他的妻子，戴著近視眼鏡，看起來也像是他的同行。她穿了一件孕婦衫，手挽在男人的臂肘裡，看起來挺幸福的樣子。豔官停下自行車，腳支在地上，眼睛直逼著昔日的愛人，看著他躲閃了目光從身邊走過，然後掉轉車頭，跟在身後徐徐地騎去。愛情早已經灰滅，復燃起的是一蓬妒火。老師撐持著走了一陣，腳下加了速度，越走越快，幾乎拖了妻子小跑到家。他的家不在別處，正是在學校裡他原先那一問單身宿舍。豔官在操場中心，遙對著老師宿舍停下了車，宿舍的門緊閉，也在躲著她。過了很久，門開了，老師的妻子走出來，潑出一盆水，看了豔官一眼，心想，星期天放假，這學生到學校裡來做什麼？復又轉身進去。這一回，門沒有關，半敞著，有一些聲息傳出來。那其實是豔官不屑的生活，可這時卻覺得是她的被人搶走的寶。第二天，早上第一堂課的時候，她推進老師的教室，對了他的臉就是一巴掌，然後揚長而去。

老師爲了他的妄想和衝動終於付出了代價。他被調到一所鄉鎮中學任教，妻子鬧了場離婚之後，在雙方家人的勸說下同意生下孩子再辦手續。當然，有了孩子以後就另當別論，誰願意自己的孩子沒有父親或者沒有母親呢？其時，正好分居。亂了一陣子漸漸平息下來，生活在向既定軌道的方向靠攏。豔官則在一夜之間成了地方上的名人，進來出去，都有人認出和議論。父母曾動念把她轉到相鄰縣級市的中學就讀，遭到她本人的強烈反對，她未必是不贊成轉學，只是要反對父母。有幾次爭執到父母要去當地報紙刊登聲明，從此脫離親屬關係，她卻提前將此變爲現實——改換了姓名。她原本就討厭「王豔」這個名字，內心裡無數次爲自己取名，此時就在其中選了最喜歡的一個：「蘇提」。「提」字通「媞」，都是形容美好舒宛的樣子，而「媞」字又太直露，所以就定了「提」字。「蘇」姓是用來配「提」，讀起來音同西湖的「蘇堤」，那裡有著許多美麗傳說。這名字其實有些像花名或者藝名，寄託了年輕女子的風月情調。

她還沒到辦身分證的年齡，修改主要是在戶籍和學校名冊。老師沒習慣她的新名字，卻已忘了舊名字；同學本來與她疏離，其時越加冷淡，並不叫她；父母更是與她如同陌路；街坊鄰居本是叫小名的，由於她出了這麼件大事，都側目著，出口十分謹慎，於是，在這一個階段裡，她成了個無名的人。「蘇提」這個新名，是在她新識的人裡頭叫開的。

現在，她在校外結識了一些人。有一次，她騎車在街上，聽見後面有人喊「蘇提」，回頭一看，是一夥騎車的男生。她問，叫她做什麼？那領頭的說，交個朋友！她說，誰認識你？接著往前去，領頭的說，誰不認識你，大名鼎鼎的「蘇提」。她便笑了，下車說：怎麼樣？他們全下了車，站成一堆，就這麼說起話來。小地方的人，彼此都有幾分知道，曲裡拐彎的，也攀得上些關係。那領頭的男生，是提提家所住大院裡鄰居家孩子的同校同學，事實上，他只是這所學校的復讀班學生。這樣的復讀班，他已經上了幾年，全是無果，到後來不是爲了高考，不過找個地方打發時間，反正父母有錢交納學費，也有人情疏通關係。他既不想工作，讀書也讀疲掉了，年齡則在長上去，形貌是個大人，但心智卻還停留在孩童階段。在他麾下的這一夥裡，多是這樣尷尬的孩子，身心不是這裡，就是那裡脫了節，行爲乖戾莽撞，倒也形不成大害，卻是叫大人著急。他們平時也在街上招惹女生，女生們大都是矜持的，至多罵一聲，他們也已經很滿足。而這一個蘇提，竟搭上話來，則是始料未及。

一旦搭話，彼此就都探得虛實。提提看出這一夥人不過是虛張聲勢，而他們沒想到，一個小女生，被人戳脊梁骨，株連家人都抬不起頭，卻如此神定氣閒。他們仗著人多，試圖想占她的上風，結果勉強打個平手。這樣倒也好，有些做朋友的意思。在他們心裡，已開始對異性有嚮往；提提呢，在這般孤立的處境裡，別看外表不在乎，實是相當苦悶的，現在，他們至少可以替她排遣寂寞，僅此而已。當那頭兒向提提表示傾慕，希望增進友誼的時候，提提感到一陣好笑：他懂什麼呢？當然，她也沒有給他難堪，她只是以微微驚愕的口氣說：我們現在不就是好朋友嗎？那頭兒便知難而退了。

提提夥上這麼一幫社會上的男生，在眾人眼睛裡，就完全是個墮落的人，「提提」——就是由他們叫出來的，這個名字簡直是黑話一般無疑。而提提有心要氣氣人們似地，一點不規避，反而更加照耀。每天放學，校門口就等著這一夥，她的自行車˙出來，呼啦啦地迎上，將她擁走了。其時，她已成了他們的靈魂人物，連頭兒都對她恭敬著，別人有什麼話說？所以，當提提多次流露對她們班上的女班長有所不滿，他們都沒徵求提提的意見，兀自行動了。他們在女班長回家的路上，將她攔住，當街呵斥和羞辱，命她第二天向提提鞠躬致歉。女班長當然不會向提提鞠躬致歉，而是向老師做了彙報。就這樣，提提在這個安寧的小城裡，又一次掀起風波。這一回，提提被學校記了大過，記就記，有什麼呢？只會使提提更加沒顧忌。面對社會的非議，原本茫然的青春反叛，倒有了具體的目標，她簡直意氣風發。倘若事情一徑這麼下去，眞不知將怎樣收場。

這時候，已是高三下半學期，提提將何去何從？父母所屬企業的系統在上海一所高校委辦大專，讀完回原地就業。提提的父親在企業某部門裡任個小職，和領導還說得上話，再又格外地下了番功夫，爲提提爭取了一個報考名額。雖然提提與父母早已做了對頭，沒一句話說得上來的，但在這個問題上提提卻意外地很合作。終究人生大事不可忽視，四周圍高三年級的緊張氣氛感染著每一個人，提提再與社會抗衡，也不能和自己過不去。還有一個原因是，提提想去上海。那一次去上海墮胎，是灰暗的經驗，但依然敵不過宏大瑰麗的想像。那是另一個世界，有著許許多多的可能性，而這一個，提提自小生活長大的小城市，什麼都是可以預測，一眼就看到底。人生的嚴肅性以及對上海的嚮往，使前途有了展望，提提和那一夥人斷了往來，投入到迎考的功課裡。夜裡，母親睡醒一覺，起來如廁，走過伏在桌上用功的女兒，一盞燈融融地罩著，束起的馬尾辮散下柔細的碎髮，黏在後頸上，好像又嗅到襁褓裡的乳香，那個乖乖的小小的人，眼淚都要出來了。她們依然互不理睬，不叫也不應，要告訴女兒的事情，是用父母間問答的方式傳達出來，知道她在注意聽。她沒什麼要和父母說的，凡事都想在了她前面，放在她手邊，唾手可得。就這樣，他們相安無事，度過了高考前的艱巨的日子。提提的分數剛剛過線，進去了。

和許多家長一樣，父母也要送女兒去上海報到，提提卻不允。兩下裡都很堅執，就在堅執中，他們開始搭話，一句去，一句來，拉鋸中達成折衷。他們送提提到南通上船，由提提自己完成下一半旅途。行程其實變得複雜，但這表明他們在一定程度上和解了，而且不放棄立場。在南通住了一天，他們一家三口甚至去了一趟狼山，一路爭吵不休，每一個細節都產生分歧。後來洗出當時拍的照片，沒有一張提提是笑著，父親和母親則笑得很努力，好像要代她笑，又好像是向她賠罪。到後半截，提提已按捺不下，早早就要去碼頭，到了碼頭就要上船，無奈不放行，只得等在候船室裡，把行李丟給父母，自己不知跑到哪裡去，等放行時才回來。總之，她來不及地要離開父母，父母就是她的一對大累贅。終於上了船，找到艙位，安置好行李，回到船舷，船已離岸。望著江面，提提吁出一口氣，心情舒暢起來。就在這時，船轉了身，她所在的一側船舷向了江岸，高高的堤壩上有一對人影，熟悉又陌生，是爸爸和媽媽。猝然間，她抽泣起來，眼淚大顆大顆地滾落。四下裡都是行旅中的陌生人，爸爸媽媽也未必看得見她，她放肆地號啕起來，浩蕩的江聲吞沒了她的啼哭聲，連她自己都聽不見。江鷗的翅膀撩亂著，江水的濃稠的水腥氣，攏著漉濕，裹了她一身。

傳說中熠熠生輝的上海，尤其從海門看上海，更爲旖旎，具體到個人所在的局部，聲色就黯淡了。就像方才說的，提提第一次來上海，是那樣的遭際之下，無論處境還是心情，堪稱陰鬱。這一回，是讀書，學府裡的生活自有一種簡素，都與上海的華麗豐富不沾邊。然而，也就是在這樣的局部，上海顯露出它的生動性。那一次，提提和老師乘地鐵去長途車站，正是上班高峰，人流洶湧地灌滿了通道，列車進站，報站聲在穹頂下迴盪，車門打開，湧出新的人流，人流和人流交會貫通，湧向四面八方。人流是由無數男女組成，大都是年輕的、冷漠的臉，由於身在這城市的脈跳之中，而生出一種驕矜與自得。提提和老師這兩個外鄉人，走在人流中，卻完全介入不進。這一次再走入地鐵站，心情就不同了，提提覺著自己也是其中之一。她體會到這城市噴勃的活力，以快速的節律不間隙地運動。她就像走入這城市的心臟，被巨大血泵的活塞推動，身不由己，她這一滴細小到看不見的血珠子，也在被有力地吞吐著，不知道將匯入怎樣的脈流裡去。

她所就讀的學校，在市中心的西南部，在近年的發展中，周遭已成商業區，繁榮同時也是紛沓。她們的宿舍則出了本部，在分校區的背面，站在宿舍後窗，正可看見一條龐雜的里弄。弄內有公寓小區，也有簡易的工房，旁出去的支弄裡甚至有平房，間插著一些鋪面，不外是賣米賣蛋，修車修鞋，還有一架縫紉機，白天推出來，晚上推回去，專替打工的單身男人做補綴的活計，於是，弄堂裡就穿流著民工樣式的人。這條里弄展示出的生活情景，與提提的家鄉無大異。有一日晚上，提提一個人走過學校附近的臨街綠地，樹影處走出幾個青年，喊提提「妹妹」，要和「妹妹」玩一玩。提提自然不理睬，暗中不由一笑，她看見了這城市的軟肋，是在某種程度上可以駕馭的。

八

簡遲生對提提談得上是愛，類似對寵物的愛，這光滑又茸茸的，柔軟裡有些硬扎的小東西。她對他大體上是馴順的，時不時地要起毛，那撓人的小爪子也挺利，可是不傷人，他還挺喜歡，當成小樂子。提提搬到簡遲生這裡之後，售樓的工作不辭而別，換了裝束。白領的職業裝在她只是一齣戲裡的演出服，這一場結束，便卸了。她的頭髮重新留長，長到腰，但額髮依然剪短，剪得很寬，從這邊太陽穴到那邊太陽穴，臉就顯得更小，更尖，也眞是像一種動物，獾還是什麼的。她其實已經有了黑眼圈，但因爲皮膚細膩，並不怎麼顯，反而覺得眼睛的幽深。她是挺奇異的，不是好看，不是狐媚，就是一種銳利，刀鋒似地刺入人的感官。這是由一些痛楚的欲望形成的，這欲望栽種在嬌嫩的身心裡，撕裂了形表。但是，簡遲生並不認識這個，或者說他沒有太大的興趣認識，他已經經歷過許多，本能地避重就輕。他寧願將提提當成個小娃娃，如呼瑪麗說的，芭比娃娃。她的肌膚，臉蛋，身型，頭髮，還有時不時的小脾氣，在他，都是如絲般的柔嫩，嬌好。他忘了呼瑪麗當年是否有這般的嬌嫩柔滑了，那時候，他也是嬌嫩柔滑的，另一種材質，不是如絲，而是金屬，於是，彼此消融。

提提感受到簡遲生對她的縱容，像父親。每個女性潛意識裡都有些戀父，包括呼瑪麗，和那個香港的生意人，也是當半個父親的。這裡有一種對安全的期望，在遭受過挫傷之後，這樣父愛式的慈悲令人安靜。她就越發任性，簡遲生幾乎是鼓勵她的任性。她鬧得不可開交了，他也不過佯怒地喝停。提提是什麼人？她總是能在接近極限之前收住，不至於過火。她也有些逗簡遲生呢，看著他對自己手足無措，提提的心裡很得意。就像老鼠戲貓，尤其是，這隻貓不是貓，而是虎。

提提有一次鬧氣出走，這是任性的節目之一，她出走到哪裡去呢？找子貢去。與子貢隔一張咖啡桌，桌上的燭光從頷下映上來，臉部留下幾片陰影。提提訴說著怨艾，在子貢聽來不過是調情，所以就任她說去，眼淚也任她流。心裡不免有妒意生出，想著這世界上都是安排錯了的，愛的人不能，能的人不愛。提提看見他走神，停下來問在想什麼，子貢脫口道：簡遲生。兩人都靜了靜，停一下，提提說：假如讓你用兩個字來形容簡遲生，是哪兩個字？子貢又一次脫口：性感！提提的眉毛在額髮裡揚了揚，臉上的陰影移動了一下。子貢不沉吟地說：簡遲生具有男性這一種性別的最高美感，比如——提提問。子貢不接提提的問題，兀自說下去：有一句話叫「動若脫兔，靜若處子」，你知道嗎？一個男人美到極處，就只能用女性的詞來表述了——靜若處子，簡遲生就是一個「處子」，當然，我不是指生物意義上的。我懂，提提說。你不懂，子貢反駁了她，你以爲只有異性間才能感受性感，事實上，同性和同性之間，才能眞正地深刻地感受，因爲我們是同一類人。提提跳起來：我也懂，比如女模特兒，封面女郎，女明星，男性喜歡，女性更喜歡！子貢笑了：這不是一件事，你說的喜歡不叫喜歡，叫消費，偶像是沒有性別的，美也罷，性感也罷，在了偶像，就都成了符號，而美和性感是生動的——那麼你呢？你又是哪一種？提提不服氣地說。我是大符號，一個大符號！子貢說，語氣是自嘲的，又有點自得。

可是，不管怎麼說，簡遲生已經老了，提提說。這才是生命呢！子貢歎息地說。我眞倒楣，得到的是凋敝的生命。那你就要充分地運用想像，愛就是想像，子貢說。你教育我？提提詰問。不，我是自言自語。提提體會到子貢的寂寞，同情地摸摸他握扶著玻璃杯的手，子貢讓開了：動口不動手。兩人共同想起一些相處中的片刻，不由都笑了。此時，提提也已經平靜下來，東拉西扯了一會兒，子貢催她起身回去，她不回，子貢也不硬勸，就繼續坐下去。提提又問：要是拿簡遲生和潘索比呢？此時此刻，提提已經能夠平靜地談論潘索了。

子貢回答：簡遲生更能激起想像。提提不服道：潘索難道不能？子貢說：潘索本身就是個想像。提提想起她說過潘索是個「大藝術」的話，覺得也對，又止不住地好笑。笑過後，提提再問：簡遲生讓你想像什麼呢？子貢簡單說了一個字：性。

子貢笑了一聲，這一笑多少是猥褻，但也夠直接的。而提提生性裡也是有些下流的，這就豎起了耳朵：性？是的，性在想像裡其實更有內容，事實卻是簡單的，你說是不是？提提想了想：要看從哪個方面說。就從性本身說，子貢回答。他們兩個頭都快碰在一起了，這樣直露的興趣，反變得天眞。子貢用手比畫了一下：不就是那麼幾個動作？提提說：可是快感無法形容。轉瞬即逝，子貢的手在空氣中一握，表示結束。回味無窮，提提說。子貢將手放回到桌面：可不是？這就是想像，而那一瞬則是畜類的。提提掙扎道：人是有動物性的。那是進化的殘餘部分——說到此，子貢的漂亮的臉抽搐起來，好像肉體的哪一個敏感部位受到了傷害。他的激動表情讓提提不屑：簡遲生進化得有那麼徹底嗎？子貢緩和下來：你我都不是簡遲生的對手。提提沒有和他辯，覺得他過於認眞了。

他們又扯了會別的，這一回，提提自己說要走，子貢倒不捨了，留她再坐一會。提提說：那我去你那裡怎麼樣？子貢無話可說了。提提的出走，總是在當日的午夜結束。分手時，提提站住腳，又提了這晚上最後一個問題：你說，誰是簡遲生的對手？子貢說：有一個。提提追問：誰？自己猜去！子貢說。提提說：我用一個祕密換你的祕密，好不好？子貢不要她的祕密，提提非要給他：我告訴你，潘索的大老闆是誰？是溫州人。子貢還是不說，出租車來了。

這個人，其實他們彼此都知道，可是誰也不說出口。

提提和簡遲生鬧氣，在恃寵之外，也有一種認眞，就是由那個人，呼瑪麗引起的。

呼瑪麗從來沒有介入過他們之間，有時在一眾人聚會中，也和簡遲生隔得遠遠的，甚至不大交談。有一回，宴席中，說起一個話題，呼瑪麗有些興奮，搭上腔來，不料簡遲生大怒，將手邊的一個碟子擲了過去，呼瑪麗一讓，碟子飛到身後牆壁，落到地毯，呼瑪麗則哈哈大笑。這一怒一笑，一擲一讓，很顯然，他們之間並不像表面上那麼疏離，而是有一種稱得上默契的關係。並且，當提提發現，所有的朋友，不是小朋友，而是老朋友，對這關係都是了解的。當晚，提提向簡遲生打聽呼瑪麗，簡遲生簡單回了一句：一個老太婆。提提釋然了。眞的，有什麼比青春更驕人的了。提提的長髮，簾幕般垂下，絲絲發亮，握在手裡卻是肉質的肥腴。倘不用手觸摸，單是看，你是覺不出這小東西的豐饒。簡遲生的寵愛滋養了她，在她單薄的緊貼了骨骼的肌膚之下，生出了脂肪。這層脂肪完全不足以使她增添一絲絲體積，只是稍稍隔離了骨骼，使肌膚發出牙白的光澤。簡遲生擁她入懷，感覺到這纖細肢體的結實，任憑怎樣擠壓，亦只有瞬間的變形，一鬆手又回復原狀。就像一個橡膠娃娃。與簡遲生的感受相反，提提體會到的是他的衰老，是的，他還沒有完全鬆弛，他還是結實的，結實的卻是贅肉。潘索也是肉多，但是天眞的，要賴的，好像在說：你拿我怎麼辦？而簡遲生，你能感覺到他的心勁，撐持著不坍塌下來。前者是個孩子，後者是霸王，一個衰老的霸王，即便有一日，身體分崩離析，那一股霸氣也在。就是這氣質，征服了提提，也讓提提急於征服他。靠什麼征服？青春。這是提提最富足的，尤其在簡遲生，以及他的大朋友中間，提提具有的優勢不消說了。簡遲生又是個熱愛青春的人，在他所有的女性只分爲兩類，一類是小姑娘，一類是老太婆。但是，提提又覺得不夠。

扔碟子的事情過去了一段時間，有一日，簡遲生和子貢通電話，沒什麼要緊的事，只是說些閒話。陡然間，簡遲生語氣變得尖利，提提不由看他一眼，見他臉色嚴峻，又有怒意生起，她心裡跳出一個名字：呼瑪麗。她發現這名字始終潛伏在意識裡，她並沒有釋懷。簡遲生掛了電話，躺回到行軍床上——這一具行軍床，帆布與木架組合，流行在六十、七十年代，這城市住房局促，需要大量晚上放下早上收起的床鋪——很奇怪地擺在沙發旁邊，是簡遲生的坐榻和臥榻。簡遲生的房子近三百平米，裝修得相當闊綽豪華，客廳沿牆一壁多寶閣，擺放著陶瓷器皿，都是新製，款式也不見其不凡，主要就是體量巨大，有一股迫人的氣勢。其他設施也是這樣，都談不上什麼格調，就是超級大：可並排放下四個枕頭的雙人床；橡木大餐桌，桌腿有碗口粗；小池子般的澡盆；一面牆的投影電視，垂地的窗幔——這些規劃與其說出自主人的愛好，不如說是滿足了設計者的雄心，因簡遲生最多的時間，是窩在這具行軍床上，看電視和影碟，正應了一句老古話：家有千千屋，日臥三尺。他雙手枕在腦後，看著前方，一面牆的屏幕的光，反射在他身上。光裡的簡遲生好像在另度空間，與提提咫尺天涯。

提提感到不安了，這個老太婆，呼瑪麗，龐龐然的一大個，黑壓壓的，橫陳在簡遲生的歷史上，投下陰影。在這陰影之下，提提的彆扭和任性，就只是些小打小鬧，不是同一個量級的。簡遲生是寵她，還挺疼她，但是缺乏一種嚴肅性，而這種嚴肅性，她卻在他對待呼瑪麗的態度裡看見了。幸好，這樣流露的時候非常少，呼瑪麗早已經退出簡遲生的生活很遠。這也是讓提提疑惑的，因爲呼瑪麗不那麼在意簡遲生了，而她提提卻很在意。不過，這總歸是安全的，畢竟，簡遲生日夜和她在一起。

如同前面說過的，簡遲生已漸漸抽身退步，過著一種賦閒的生活。他和提提，每天睡到日中午，方才起來。所謂起來，亦不過是提提起來，簡遲生則從臥室的床移到客廳的行軍床。提提做了飯——應該算是早飯還是午飯呢？飯端到行軍床邊，簡遲生起膩的時候，就要由提提一口口餵到嘴裡，提提就成了個小媽媽。這頓飯結束，已是午後二三時了，所以，這頓飯就是午飯，早飯，他們通常是不吃的。簡遲生總是看電視，提提在地上鋪塊小毯子，練瑜伽。她本來韌帶柔軟，又跟了老師，就可將身子扭曲成麻花。兩人各做各的，都不說話，廳裡充滿了電視的音響。有一陣，兩人都以爲對方盹著了，抬頭看一眼，原來都醒著。一個睜眼躺著，另一個盤在地上，也睜了眼。這互望的一眼，倒有些相依的意思，似乎茫茫人世中，只有他和她，共度寂寥的時光。雖然是悶的，可人生不就是悶的嗎？也是安寧，許多掙扎最後都回歸到這一刻。不過，話說回來，如果這時候有電話鈴響，兩個人都會振作一下，簡遲生一轉眸，提提則奮然而起。是誰的電話，誰就變得饒舌，饒過之後，復又靜下來。這樣，暮色漸漸起來了，廳裡有些暗，反比大亮有暖意，挺溫馨的，他們的精神頭也起來了。

夜晚的帷幕將開未開時，有一股躍然的心情。提提開始梳洗更衣化妝，簡遲生打著呵欠翻身下榻。電話鈴響得繁密了，剛放下一個，又起來一個。他們也開始往外打電話，手機和座機同時進行。你可知道，不止是他兩個，還有許多人，都是在這一時活躍起來，電信網路進入高峰時段。喧嘩中，天也黑到底，開了燈，提提的被描畫過的臉，格外清晰醒目，白晝裡且是模糊的。簡遲生修了臉，梳平頭髮，輪廓也出來了。他們身上還是有隔宿氣，但已經讓牙膏、香皂、剃鬚膏的薄荷味壓下去大半，等出了門，風一吹，就全散了。現在，他們還要在屋裡逗留一會兒，外面，正是下班的高峰，是上班族的天下。再收拾收拾，找檢一番有無遺忘的東西，說幾句玩笑，就可以出門了。

小區裡黑著，簡遲生等在路邊吸一支菸。不在室內吸菸，是提提的禁律，未見得限制得住簡遲生，簡遲生願意服從，是當小孩子的遊戲規則，他喜歡這類小孩子遊戲。提提下車庫開車，她考得了駕駛執照，以後開車的事就是她的了。她開的是一輛賓士S六百，大車身的，簡遲生什麼東西都是大的，唯有提提，小小的，是芭比娃娃。車靜靜地停在簡遲生身邊，等他上了車，從甬道上滑行過去，出了小區。

提提耳朵上掛著藍芽手機，手扶方向盤，燈的流螢從兩邊過去。她知道，在這靜謐的馬路下面是極大的喧嘩，地鐵在穿梭，腳步沓沓。而路面上，車流無聲地行駛。這城市無論靜和動，都是激越的，都是力量，現在，她匯入進來，是其中的一分子了。車在新區裡行駛，像提提這樣的新人，沒有世俗的成見，她喜歡新區。因其新，沒有垢，光滑閃亮。車在高架口有一時的壅堵，提提並不煩躁。在車陣裡，前後左右都是各式各樣的車，還有駕車的人，有男有女，隔了窗玻璃，一律是矜持的面目，其中也有提提的一張臉。車陣在動，緩緩地交互，有的進來，有的出去，錯亂一陣，就好像水流穿過了漩渦，忽然又暢通起來。高架上行車又是一番景象，車流從高樓齊腰處過去，那些亮晶晶的窗格子幾乎成撲面之勢。車在空中盤旋，有時分流，有時合流——你一旦搭著脈，便納入體系，跑不脫了。車下高架，市聲湧起，猶如交響樂裡的全奏，有一種浮淺的煽情。這時候的光和色，就有些俗麗了，也不是俗麗，而是舊式的繁榮，擠簇的，重疊的，鱗次櫛比，是城市的考古層，這就是老城區了。車流可說穿心而過，破出一條路，光色飛濺。然後，他們就到了他們要去的地方。

如果不是呼瑪麗，這樣的日子，他們可以過一輩子。提提的小吵小鬧，是小插曲，調劑著多少是單調的生活。靜止的生活，本來也生不出什麼爭執的原由，但提提是活躍的性格，生氣勃勃，無原由也要吵出原由來。簡遲生也當作小孩子的遊戲，陪小孩子做遊戲，自己也變成小孩子了。僅此而已，不能玩過火，玩過火就沒意思了，就變成真的似的。簡遲生不想和提提動真格。所以，提提的吵鬧中，他比較不喜歡的是出走這一個節目，倒不全是怕她走了不回，而是他不願意生活亂了節奏。他怕亂，這一套生活的秩序他是經幾十年動亂得失方才形成。他不喜歡出走這一齣裡的那種情緒：惦記，等待，擔心，出走的人回來時免不了要有的纏綿和激動，這些近似於嚴肅的情緒波動，他早已感到乏味。這一點上，他和潘索不謀而合，但出發點不同。潘索是貪婪，嫌現實生活的量不足；簡遲生則是透支了食欲，沒多少胃納了。這兩人要是在一起談談，也許很好。他們先後在提提的人生裡出場，卻沒有邂逅，是機緣的另一種。話說回來，好在，方才說過，提提出走的一幕總是在午夜結束，她的聰明足夠明白，這把戲於簡遲生無礙不說，反而於自己不利。她想起一個詞，就是蚍蜉撼樹。

還是那句話，如果不是呼瑪麗，一切都好了。簡遲生和提提之間，年齡，經驗，價值觀，荷爾蒙分泌，種種差異，在一個強有力的互補原則之下，自行往適應狀態調節，可在一定的時間段內保持平衡。甚至，誰說得準呢？也許有一天，簡遲生會和提提結婚。他的女兒，他第一次婚姻的產物，一個工科碩士生，一點不像他，驚人地理性，也許是父親的性格與命運向她做出警示——遇見提提，兩個幾乎同齡的女孩經過短暫的對峙，克服了敵意以後，放鬆下來，保持著禮貌的冷淡，這多半是女兒的性格起作用。父女單獨相對的時候，女兒對父親建議，可以考慮結婚。她說，從現在開始磨合，一同進入老年，再晚就時間不夠了。簡遲生很詫異女兒二十四歲的年齡竟對人生有這樣成熟的想法，多少是有些灰暗的，由此也想到提提。在提提年輕的表面之下，究竟有著一顆什麼樣的心呢？她還比女兒年長一歲呢。他簡單回了女兒一句：我現在已經是老年了。可是，說不定，眞的會有一天，他和提提成爲夫妻。無論怎麼說，隨了年紀增進，到了人生的那一節，生活是更加簡單了，而他們也終於磨合——他有時會想起女兒用的這個詞，「磨合」，事實上就是，他與提提在「磨合」著。和呼瑪麗，「磨合」想也別想，他和呼瑪麗是淬火。燒紅的鐵和水相逢，鋼火四濺。他們從來沒有磨合過，只要是他和她，就是淬火，每經一次淬火，強度就增進一分，最後兩敗俱傷。

當提提問子貢誰是簡遲生的對手的時候，是很膽怯聽到回答的，子貢就像了解她的心事，沒有說出口。提提寧願處在蒙昧裡，當作沒有這個人。可越是當不存在，越是處處都在。那客廳壁上的陶瓷器皿，個個都是配呼瑪麗的身量和氣勢，簡遲生這個人也是配呼瑪麗的身量氣勢——不僅在外形，更在內涵，他對呼瑪麗流露出的嚴肅性，在提提從不曾有過，他與提提之間的一切都是輕鬆佻達。提提也想涉步深處，深處在哪裡呢？而呼瑪麗輕輕一揭，就揭開了。在哪怕她與他只是隔了餐桌，幽暗的燈光下，稍一對視，那沉重感就呈現了。那人爲的、刻意的燈光布局下，人和物都變成道具一樣，喪失了獨立的性格，是畫面的一部分，所有的臉都像面具，程式感極強。這是令人安全的，那些危險的性質，都消融在誇張的戲劇性裡了。這一類後現代風格的裝潢，就是取消人物的具體性的。然而，一旦呼瑪麗和簡遲生目光相接，真實感就迸發了，有關性格、遭際、命運等等的暗示，在這一碰觸中，崩裂開來。提提不由心驚了，於是，屬於她的那一張面具上，也呈現出具體性。在一整個抽象畫面上，它幾乎看不出來，抽象的涵蓋面那麼大，將所有個別細節一網打盡，收入囊中。可還是有一些特別的眼睛，攫取了這細節。那是需要一定程度的同情心，從相近的經驗和命運中出發。

呼瑪麗知道這小東西在發怒了，怒容將芭比娃娃的小臉撐裂了，變成一張破碎的面具。她也有些驚訝，驚訝這芭比娃娃格式化的表面底下，竟有著人的性格，雖然這性格稱不上是深刻，還只是一些兒小脾氣——怪時代不好，在這個膚淺的時代裡，什麼樣的性格都瓦解成小性子，但這點兒小性子，也夠鬧騰一時的。她看見簡遲生在哄她，就像哄女兒，不，哄女兒不是這樣，這是兩種關係，這一種裡有情欲，情欲將代際關係模糊了，代際關係裡的尊嚴也模糊掉了。呼瑪麗覺著這一幕的滑稽，她還沒來得及笑，一個碟子就朝她飛過來了，是從提提手裡飛出的。這一回可是擊中了，擊中她本能抬起抵擋的小臂上。她叫了一聲，不像是疼痛引起，而是像喝采，有一股子興奮勁。她就喜歡這樣的場面，可惜簡遲生將提提抱住了。提提在簡遲生手臂裡掙著，掙出手抓了一下，簡遲生的臉上便現出一道血痕。呼瑪麗叫了聲「好」，簡遲生手下加了力，將提提擄小雞一樣擄走了。提提被他惱怒的動作弄疼，可她還是很清醒，這惱怒不是衝她來的。

下一日，當呼瑪麗接到提提的電話——她從子貢那裡問來呼瑪麗的電話，提提約呼瑪麗見面，不禁刮目相看，這小女人挺有火氣的，竟和她單挑。呼瑪麗對這場會面很抱興趣，她提早來到約定的地點。下午時分，整條街都清寂著，一半酒廊閉門，入夜才開張營業。這一間酒吧兼餐館上了有七成座，都是附近寫字樓吃公司客餐的白領，更替很勤，服務生不停地翻桌子。呼瑪麗占了靠窗的一張小咖啡桌，隔著窗外的餐座，看見一輛賓士S六百一個大轉，停在人行道下的馬路上，停得太急，向前衝了二三米，差點撞翻人行道上的花壇。服務生趕緊跑出去，車主從駕駛座欠過身子，是提提。交涉了一陣停車事項，按指示去到對面酒店的停車場。賓士翹過車頭，等待車流中的空檔，好穿馬路，尾燈一亮一亮，呼瑪麗好像看見了一顆焦慮不安的心。賓士終於插進車陣，到了對面，停一時，只見提提一個人過來了。

提提將頭髮別到頂上，好像長了雞冠。一身本白麻布衣裙，上衣是無袖無領短衫，裙子是一整塊布圍腰一周半，繫起來，風吹開裙裾，瘦小卻結實的膝蓋時隱時現。足下是一雙麻編的平底涼鞋。看上去，就像雕像裡的希臘少女。呼瑪麗她手裡握著車鑰匙和錢包，另一手在眼前擋著陽光，一步一步走來了。呼瑪麗有一時的怔忡，被眼前的美景鎮住了。提提真說不上是絕色，可是年輕啊！有什麼力量能擋住年輕？尤其此時此刻，被緊張煎熬得失措著，對這擁有渾然不覺，自己都不知道自己有什麼。就這麼橫過馬路的幾十秒鐘裡，提提的性格趨於完成，當她站到了呼瑪麗跟前，呼瑪麗就看見了一個身處危機中的女性。她已經有幾分憔悴，這憔悴並不徵兆著衰老，而是表明激情。

請坐，呼瑪麗說。提提負氣地站著，僵了一會兒，然後又負氣地拉開藤編扶手椅，坐下了。我要和你談談，她生硬地說，橫下一條心的架式。呼瑪麗做出聆聽的姿態，她有一點點喜歡這小女人了。你，不要再來打擾簡遲生，他恨你！提提說。她的兩隻手垂在膝蓋上，緊緊握著車鑰匙和小羊皮錢包，她髮頂上的髮卡，也是同色同質的羊皮髮卡，一種染成蟹綠的羊皮。她這一身很精緻，很昂貴，但還是有一股粗鄙，從芯子裡膨脹出來，將外形撐變形，這就是活力所在。他眞的是恨你！提提等不及呼瑪麗的反應，急切地強調，你離開他遠遠的吧！呼瑪麗這才吐出一句：他恨我與你何干？提提被問住了，但立即回嘴道：我不願意他生氣，我希望他平靜，快樂！呼瑪麗問提提：我有什麼義務要照顧他的心情？他與我又何干？提提火了：你以爲我不知道，你們倆有一腿，別裝沒事人一樣！呼瑪麗笑起來：我和他豈止一腿，有好幾腿呢！我和他有一腿的時候，你不知道在什麼地方呢！提提忍不住罵道：老妖婆！你知道簡遲生怎麼說你？老太婆！呼瑪麗更笑了，簡直樂不可支。老太婆，老妖婆！提提一迭聲的罵，想罵痛她，她卻越笑越厲害，她的笑很有感染力，提提不由也笑起來了。邊上的人看這一老一小兩個女人，母女不像母女，朋友不像朋友，不像交好，也不像交惡。

呼瑪麗拭去笑出來的眼淚：你說，他恨一個老太婆犯得著嗎？提提被她套進去，不笑了。你擔心什麼呢？呼瑪麗問，看著提提的臉，她小小的纖巧的五官，經不得感情的太大擺布，有著枯萎的跡象。呼瑪麗抬起手，憐惜地去摸提提的臉，被提提讓開了。你像我——呼瑪麗說，一個人，無論愛多少個人，他所愛的人，彼此間都是相像的；不要以為你有什麼特質，其實你和他愛的前一個人差不多，甚至，可能還弱一些，因為他在衰竭；這沒什麼不好的，每一個生命都是由嫩到熟，由熟到衰，越是全力以赴，這個週期就越急促；所以，你和我，說不定就在什麼地方相像著。她們兩人對視著，雙方眼睛裡都湧起柔情，因為先後愛上同一個人，又被同一個人所愛。雖然，也許，愛的性質有所不同。呼瑪麗繼續說：不過，你沒有我幸運，因為我是在他的全盛時期和他相愛，你看，我自己說出來了，我和他是有一腿，現在，他在走下坡路，而你，全面盛開，你不划算！

你在挑撥！提提笑了，表示出她不上當。就算挑撥吧！呼瑪麗說，簡遲生已經遲暮了。她用「遲暮」這兩個字，通常是用在女性身上，她用於簡遲生，也挺合適：簡遲生要證明他還有能力愛，事實上，是重複，而且是機械的重複；我說他機械，是因爲他重複的都是表面的性質；比如他愛你，是因爲愛青春，他以爲這就是青春——呼瑪麗撫了一下提提的臉，這一回提提沒躲，她撫到了如絲般柔滑的肌膚，柔滑到脆弱，頃刻之間就將破碎——其實他不知道青春有著易朽的性質，因爲生長力太活躍了，就是這股子置生死不顧的勁頭才是青春最叫人愛的，可他只能重複表面。你是說他對我的愛不會長久？提提有些不服。不，不！呼瑪麗否定，我的意思是，他能讓你滿足嗎？

你又在挑撥！提提說。呼瑪麗得意地大笑，提提罵：老妖婆！她也有點喜歡她了，這個老妖婆，她說出了青春的眞諦：易朽。而提提，畢竟還沉浸在青春裡，美麗的，活躍的，息息相生的青春，就算有一天逝去，變成眼前這個老妖婆，也不壞！那又是多麼久遠的事情啊！她心情陡然開朗，可是呼瑪麗的話又讓她罩上了陰霾——在表面之下，那種眞正的性質，已經扎進他心裡，不是心裡，而是身體的深處；就是身體，不要和我說什麼靈魂之類的玄而又玄的話，就是身體裡的疼痛，無論他怎麼更新表面，這性質都在；他以爲頻繁地更新可以取消這性質，錯了！因爲表面與本質越離越遠，最後兩不相干！她就像個眞正的巫婆一樣，發出毒咒。可是——提提再一次辯解，在我的表面之下，也存在著本質，攝他的魂魄的本質。不錯，遺憾的是，他沒有能力了，他沒有能力挖掘，本質是需要挖掘的，雙方具有平等的腕力，勝過恨的愛，拚搏，較量，撕扯，開出血路，終於才能掘進到本質的深處；還要付出時間的代價，挖掘是用時間鋪路的，而他沒有時間，沒有足夠的時間；當時間流逝，改變了表面的形態，此時，就要經得起懷疑——在變異的表面底下，有沒有永恆的本質！這一切條件在他已經喪失了，你只是他驚恐失措時抓到的一根稻草。你小看我！提提說。正好相反，我欣賞你！

提提的眼淚盈了眶，沮喪的又是興奮的眼淚。許多綹頭髮從羊皮髮卡底下散落，麻質衣服揉得一團皺，有些衣不蔽體的意思。和呼瑪麗的談話就像一場廝殺，女人和女人的廝殺，指甲，牙齒，什麼都用上了。你這鍋湯剛開滾，起了一周圈的沫，簡遲生只剩些餘燼了，怕煲不熟你！提提跳起來，指著呼瑪麗鼻子說：你妒忌，妒忌簡遲生愛的是我，我是他的心肝寶貝，你不是！說罷轉身跑出去。用午餐的客人都走了，又沒到下午茶的時間，服務生們偷閒去了，只有她們。提提消失在門口，餘下呼瑪麗一個人，她在心裡念著提提方才說出的那個詞，「心肝寶貝」，不錯，呼瑪麗從來不是簡遲生的「心肝寶貝」，她只是，永遠是，他的對手。她招呼服務生過來結了帳，嘴裡銜一支菸，收拾起皮包，走了。走到門口時，她龐大的身形擋住了光線，餐館內暗了暗，只一剎那，等她走出去，重又亮起來。

後來，提提還是離開了簡遲生，倒也不是呼瑪麗挑撥成功，他們的事，就是這樣的命運。不知道提提去了什麼地方，大概還是要子貢幫忙。這個城市裡，她只有求子貢。這是個欲望城市，唯有她和子貢之間沒有欲望可言，所以就能眞心幫助。簡遲生度過了一段失落的日子，又平靜下來。他倒沒有結識新女友，女兒那句告誡看起來有些道理：再晚時間就不夠了！也許，提提是他最後一個機會，可惜沒有抓住。有時候，女兒來看他，看著她那張平靜的臉，他幾乎有些悚然，似乎有千年萬代從這臉上走過，女人眞是不可思議的動物。他對付了她們一生，也沒有了解她們。有一晚，一位公安局的朋友請大家玩，去一個新開張的娛樂城，名字叫「萬紫千紅」，規模之大，令人咋舌。總共有六層樓，占地幾千平方，有洗浴、吃飯、按摩、理髮、唱歌、表演等等。他們先洗浴，再吃飯，然後到歌廳唱歌。他們都不會唱歌，所以沒有包K房，只在散座裡點歌聽歌。那些男女歌手都很年輕，在簡遲生聽來，唱得和那些當紅的並沒大差別，境遇卻不能同日而語。他們賣力地唱和說，和聽客拉攏感情。有幾個顯然是常客，專來捧場，捧的那歌手下了場子，便也離開了。簡遲生一夥比較少來這樣大眾化的場所，這裡有另一套規則，氣氛是要粗鄙和喧嘩，卻有一股子熱火勁，但到底不慣，少坐一時就出來了。在門口，看見那個方才唱完退場的女歌手正在台階下面，她穿著雪白一身演出長裙，裙襬捲巴捲巴束在腰裡，跨上一輛載客的摩托後座。摩托轉了個頭，她的臉就到了燈光的亮處，一張小臉撲著厚厚的粉，眉眼畫得很粗，假睫毛像扇子張開在不大的眼睛上，垂在頭盔下的髮捲也像是假的，油黑油黑。摩托「嗖」地駛走了，是去趕場子。簡遲生不由想起提提。第二天晚上，他一個人來到「萬紫千紅」，不吃飯，不洗浴，就在歌廳聽歌。他也學著那些常客，在盤子上放了錢，點那女歌手的唱。他知道了女歌手的名字，叫豆官，覺得這名字很別致。有幾次，豆官下場後，爲表示謝意陪他坐一時，他誇她這名字有意思，她說，其實是她的小名。在她們家鄉，女孩子的名字後面都要安一個「官」字，很土，可是，土到頭不就雅起來了嗎？簡遲生問她家鄉在哪裡，她胡亂說了個地方，顯然是假的，簡遲生也不追究。這地方來多了，他也知道，這些人嘴裡，套不出一句眞話。很可能，「豆官」不過是從《紅樓夢》上學，賈府爲元春省親專設梨園，那唱戲的都叫作「官」。簡遲生可是熟讀《紅樓夢》的。但這豆官也夠聰明，確有一點提提的意思，而簡遲生不知道，提提倒眞有一個帶「官」字的小名。

後來，這豆官離開了「萬紫千紅」，據說，去里約熱內盧發展了，簡遲生卻保持著這個習慣，每天晚上八時半到九時之間，去「萬紫千紅」歌廳聽一會兒歌。無論他吃過飯，還是吃飯之前，赴朋友聚會，甚至朋友們在他家聚會——他招呼不打，自己出了門，下到車庫，開出他的賓士S六百。車已經很舊了，可他沒有換車，他不像年輕人那麼愛帥。賓士靜靜地馳出小區，駛上平滑如鏡的路面，在空曠的靜謐裡行駛，直到「萬紫千紅」。那裡就像開了鍋似的，霓虹燈四射，把車鑰匙交給門童去停車，他走進大堂。金碧輝煌，一股子俗俚的喜氣，他進了歌廳，坐在他專有的座位上。歌台上的歌手直著嗓子，因爲用力，纖弱的頸上迸出青筋，歌聲在音響的混響中炸開著。歌手更換很頻繁，無論是誰，都是年輕的，盛麗的，精力充沛，全力以赴，外鄉來的女孩子，在簡遲生的眼睛裡，她們有一個共同的名字，就叫提提。

二〇〇八年六月十八日於上海

國家圖書館出版品預行編目資料

月色撩人／王安憶著．-- 初版．-- 臺北市：麥田，城邦文化出版：家庭傳媒城邦分公司發行，2008.12
面；　公分．--（王安憶經典作品集；8）

ISBN 978-986-173-454-5（平裝）

857.7　　97022088

王安憶經典作品集 8

月色撩人

作　　者　王安憶
企畫選書人　王德威
責任編輯　林品亘

副總編輯　林秀梅
總 經 理　陳蕙慧
發 行 人　涂玉雲
出　　版　麥田出版
城邦文化事業股份有限公司
100台北市中正區信義路二段213號11樓
電話：(886)2-23560933　傳真：(886)2-23516320；23519179
發　　行　英屬蓋曼群島商家庭傳媒股份有限公司城邦分公司
104台北市中山區民生東路二段141號2樓
客服服務專線：(886)2-25007718；25007719
24小時傳真專線：(886)2-25001990；25001991
服務時間：週一至週五上午09:00~12:00；下午13:00~17:00
劃撥帳號：19863813；戶名：書虫股份有限公司
讀者服務信箱：service@readingclub.com.tw
麥田部落格　http://blog.pixnet.net/ryefield
香港發行所　城邦（香港）出版集團有限公司
香港灣仔軒尼詩道235號3樓
電話：(852)25086231　傳真：(852)25789337
E-mail：hkcite@biznetvigator.com
馬新發行所　城邦（馬新）出版集團【Cite(M) Sdn. Bhd.(458372U)】
11, Jalan 30D/146, Desa Tasik, Sungai Besi,
57000 Kuala Lumpur, Malaysia.
電話：(60)3-90563833　傳真：(60)3-90562833
E-mail: citecite@streamyx.com
封面設計　蔡南昇
排　　版　紫翎排版工作室
印　　刷　前進彩藝有限公司
初版一刷　2008年12月1日
售　　價　250元
ISBN　978-986-173-454-5

城邦讀書花園
www.cite.com.tw